한의학 박사가 본

김형석 교수의 백세 건강

지은이 | 박진호
초판 발행 | 2021. 1. 13
2쇄 발행 | 2021. 1. 28
등록번호 | 제1988-000080호
등록된 곳 | 서울특별시 용산구 서빙고로65길 38
발행처 | 사단법인 두란노서원
영업부 | 2078-3352   FAX | 080-749-3705
출판부 | 2078-3331
책값은 뒤표지에 있습니다.

ISBN 979-11-86245-36-1 03150

독자의 의견을 기다립니다.
tpress@duranno.com   www.duranno.com

•이 책에 사용된 성경 번역본은 저자의 요청에 따라
《공동번역성경》을 사용했음을 밝힙니다.

비전과리더십은 두란노서원의 일반서 브랜드입니다.

한의학 박사가 본

김형석 교수의
백세 건강

박진호
지음

비전과리더십

CONTENTS

프롤로그 행복하려면 먼저 건강해야 합니다 6
추천의글 이렇게 살았더니 건강해졌습니다 14

Part 1.

얼마나 살 것인가,
어떻게 살 것인가

독수리가 먹이를 움켜쥐듯
희망을 붙잡으십시오 20

스트레스의 결국은 죽음이지만
예방이 가능합니다 28

미움보다는 믿음이
우리를 건강하게 합니다 41

장수의 비밀은
양생법에 있습니다 56

아름답고 선한 삶을 사는 사람이
건강합니다 63

사계절에 담긴 음양의 조화가
인생에도 필요합니다 72

백세가 되어서도
편안한 아침은 옵니다 85

Part 2.

죽음을 맞을 것인가,
노래할 것인가

슬픈 안식을 노래하던
어린 시인이 있었습니다 112

죽음으로의 선구는
삶을 새롭게 합니다 128

철학적 사색은
삶을 건강하고 풍요롭게 합니다 140

인생의 목적은 장수가 아니라
진리의 발견이어야 합니다 147

행복을 만들어 가는 인생이
건강합니다 172

Part 3.

내일을 두려워할 것인가,
희망할 것인가

신앙이 없으면
삶의 희망도 없지 않을까요? 184

음과 양의 조화가 인간이 소망하는
최고의 모습입니다 194

송촌의 백세 인생은
참사랑을 실천하는 길이었습니다 208

선한 행위는
선한 인식에서 시작합니다 225

실천하지 않는 윤리는
무의미할 뿐입니다 237

정리 최선의 건강은 최고의 수양과 인격의 산물입니다 247

에필로그 당신을 초대합니다 254

프롤로그

행복하려면 먼저 건강해야 합니다

송촌(松村) 김형석 선생님이 어느 모임에 강연자로 초청받아 다녀온 이야기를 해 주셨습니다. 소중한 기회라 생각하고 도움을 주고자 갔는데, 강단에 걸린 현수막에 '백세 철학자 김형석 교수'라고 쓰여 있었답니다. 그걸 보고 '내가 이제는 나이를 팔아먹고 사나 보다' 하는 생각이 드셨답니다. 백세가 넘었으니 틀린 말은 아니지만, '강연은 들을 것 없고 이 사람이 얼마나 늙었나 구경 오세요' 하는 청중 모집 광고처럼 느껴지셨답니다. 강연을 끝내고 오면서 '이제는 제발 나를 소개할 때 나이 이야기는 안 해 줬으면 좋겠다'고 생각하셨답니다.

송촌의 건강한 삶은 누구나의 궁금증이면서 동시에 호기심의 대상이 될 수도 있겠다는 생각이 듭니다. 송촌을 잘 아는 사람들은 '기적'이라고 말할 수도 있을 듯합니다. 송촌은 100년이 넘는 시간 동안 이웃과 사회에 사랑과 행복을 전하는 생활을 하고 계십니다. 그 원동력은 무엇일까요? 무엇이 사람을 백세에도 건강하게 생활할 수 있게 하는 걸까요? 누구나 궁금증을 품게 됩니다.

당연한 이야기지만 사람이 행복하기 위해서는 먼저 건강해야 합니다. 시대의 흐름에 따라 건강의 개념도 크게 바뀌어 왔습니다. 우리가 흔히 말하는 건강에 대한 비교적 체계적인 정의는 세계보건기구(WHO)에서 내린 것으로, '허약하지 않은 상태나 병에 걸리지 않은 상태뿐만 아니라, 신체적, 정신적, 사회적으로 완전한 안녕 상태'를 말합니다. 이것은 질병이 없고 신체적으로 튼튼할 뿐 아니라 정신적으로 안정되고 사회적으로 평안한 상태를 이상적인 건강으로 보는 포괄적인 견해입니다.

사람은 누구나 건강을 추구합니다. 하지만 방법에 있어서는 아무나 실천에 옮길 수 없는, 쉽지 않은 일입니다. 그러다 보니 건강에 좋다는 식품이나 약물을 습관적으로 섭취하고, 건강에 도움이 된다는 호흡법, 운동법, 생활법 등을 맹목적으로 따라하다가 도리어 찾고자하는 건강을 잃어버리는 경우도 종종 보게 됩니다.

과연 건강한 몸과 마음을 어떻게 이루고 유지해야 할까요? 이것은 시대와 장소를 넘어서 인간의 고민이자 소망이었습니다. 진시황이 불로불사의 약을 찾는 것이나, 연금술사들이 불사(不死)의 약을 만드는 이야기 등은 동서양의 역사에서 쉽게 찾을 수 있습니다. 예를 들어 중국 진(晉)나라 시대 갈홍이라는 사람은 《포박자》라는 저서를 남겼는데, 이 책은 불로장생의 비법을 기록한 것으로 지금까지 전해지고 있습니다. 갈홍전에 따르면 그는 81세에 죽었는데, "그 안색은 살아 있는 것처럼 생생했고 몸도 유연했으며, 죽은 시체를 들어 올려 관에 넣을 때는 심히 가벼웠다"고 합니다. 서양에서는 중력 이론, 고전 역학, 광학 등으로 알려진 과학자 뉴턴이 당시 일부 연구자들 사이에서 유행하던 연금술에 상당히 심취했음을 알려 주는 자료가 최근 발견되어 화제가 된 적이 있습니다. 그가 84세에 사망했다는 사실도 주목할 만합니다.

그렇다면 건강을 지킨다는 것이 그렇게 어려운 일일까

김형석 교수의 백세 건강

요? 장수는 선택받은 몇몇만의 소유일까요? 진료를 하다 보면 60세의 노인들을 종종 봅니다. 반면에 80세의 청년을 만나기도 합니다. 흔히들 '나이는 숫자에 불과하다'고 합니다. 실지로 진료실에서 발견하게 되는 것은 '나이는 마음의 상태'라는 사실입니다. 몸은 나이를 먹어 늙어 갈지라도 우리의 마음과 영혼은 언제까지나 청년일 수 있습니다. "연로한 견공(犬公)에게 새로운 기술을 가르치지 못한다"는 외국 속담이 있습니다. 그 말을 역으로 생각하면 '새로운 기술을 배우고 익힌다면 늙지 않는다'는 의미일 수도 있겠습니다.

제가 송촌을 처음 뵌 것은 중학교 때입니다. 그 뒤로 멀리서, 때로는 옆에서 바라본 송촌은 감히 이런 표현이 허락된다면, 여전히 성장하고 무르익어 간다고 느꼈습니다.

For age is opportunity no less
Than youth itself, though in another dress,
And as the evening twilight fades away
The sky is filled with stars, invisible by day.
비록 다른 옷을 입고 있지만

늙음은 젊음에 못지않은 기회입니다.

저녁 어스름이 물러나면

하늘은 낮에 보이지 않던 별들로 가득합니다.[1]

헨리 워즈워스 롱펠로(Henry Wadsworth Longfellow)의 시 "모리투리 살루타무스"(Morituri Salutamus)의 한 구절입니다. 지난 백년처럼 새로운 백년도 북극성처럼 어두운 세상에 방향을 밝혀 주는 송촌이 되시길 기원하는 마음을 담기에 좋은 내용입니다.

사실 송촌의 생활하는 모습은 방송이나 강연뿐만 아니라 책을 통해서도 알려져 있고, 최근에는 일기까지도 대부분 공개가 되었습니다. 그렇기 때문에 누구든지 조금만 주의해서 살피면 그분의 평상시 건강 관리에 대한 비밀을 쉽게 얻을 수 있을 것입니다. 예를 들면 송촌은 즐겁게 일하십니다. 생활이 규칙적이고 웃을 때는 활짝 웃으십니다. 식사를 할 때는 골고루 천천히 드십니다. 책 읽기와 운동을 즐기시고, 외국어 구사력도 탁월하십니다. 낮잠을 주무시며 일기를 쓰십니다. 기회가 되면 여행을 즐기기도 하십니다.

김형석 교수의 백세 건강

저도 외국어와 관련해서는 풍문으로만 들었기 때문에 직접 질문을 드린 적이 있습니다. 그때까지 제가 추정했던 언어는 일본어, 영어, 독일어 정도였습니다. 독일 여행 때 공원에서 젊은 부부와 대화한 내용을 선생님 책에서 본 기억이 떠올라 질문을 드린 것입니다.

"교수님, 독일 여행 때 젊은 부부와 대화를 하셨다고 했는데, 그때 독일어로 말씀하셨어요?"

"네, 그랬지요."

"지금도 독일어 하실 줄 아세요?"

"지금은 잘 모르겠어요. 닥치면 할 수 있을지도."

"교수님, 외국어는 어떤 거를 공부하셨어요?"

"희랍어, 라틴어, 독일어, 일본어, 영어 정도인 것 같아요."

그때 저는 두 가지 사실에 놀랐습니다. 말씀하신 외국어의 순서와 개수였습니다. 이런 겉으로 드러나는 생활 모습이 백세 건강을 이루시는 송촌의 일상적인 내용들입니다.

의료법은 '환자의 진료와 관련된 신체상, 건강상의 비밀과 사생활의 비밀'에 관한 언급을 금지하고 있습니다. 그래서 이 책과 관련해서 송촌께 양해와 동의를 먼저 구했습니다. 이 자리를 통해 집필을 허락해 주신 송촌께 감사드립니다.

이 책을 쓰는 과정이 저에게는 길고 긴 여행의 한 시작이었던 듯합니다. 이번 여행을 통해 발견한 송촌의 건강법은 정확하게 그분의 인격 형성 과정이었습니다. 인간적인 성실을 넘어서 신앙적인 경건으로 가는 길이었습니다.

그 백년의 길을 제 짧은 자로는 다 헤아리기 어려울 듯하여 '최선의 건강은 최고의 수양과 인격의 산물'이라는 송촌의 말씀을 하나의 이정표로 삼았습니다. 그 이정표를 따라가다 이번에 다다른 곳은 '송촌의 건강 백세는 참사랑의 선물이다'라는 것입니다.

지금 돌이켜 보면 저의 부족함이 가슴 저리게 느껴집니다. 의학 지식의 부족뿐만 아니라 철학적, 종교적 학식과 경험의 결핍 때문입니다. 마치 비전문가가 레오나르도 다 빈치의 '최후의 만찬'을 보고, 루트비히 판 베토벤의 '제9번 교향곡 합창'을 들은 뒤의 감상을 쓴 것 같습니다. 한 번에 한 작품만 감상하기에도 벅찬 대작을 동시에 마주한 느낌입니다. 그래서 이 책의 부족함은 제 부족임을 분명히 밝혀 두고 싶습니다.

그래도 한 가지 위안이 되는 것은 베토벤의 '제9번 교향곡 합창'과 레오나르도 다 빈치의 '최후의 만찬'을 제 자로 감상하더라도 이 작품들은 저 때문에 어떠한 훼손도 입지 않는다는 점입니다.

마치 제가 발견한 송촌의 삶이 그러한 것처럼.

2020년 성탄절 남산당에서
박진호

이렇게 살았더니 건강해졌습니다

나는 너무 일찍부터 죽음을 가까이 느끼면서 자랐다. 의사는 "이 애는 아버지가 의사가 되어야 살아갈 수 있겠는데……"라고 걱정했다. 어머니는 "네가 스무 살까지 사는 것을 보았으면 좋겠다"고 말하곤 했다. 그래도 간신히 중학생이 되었다. 병마에서 풀려날 수 있으면 공부도 하고 일도 많이 하고 싶다는 뜻을 가졌다. 건강이 무엇보다도 소중하다고 생각했다.

청소년기를 보내고도 시련은 계속됐다. 25세 때는 해방을 맞았다. 나는 조국과 더불어 다시 태어나야 했다. 건강에 대한 관심은 사라져 버렸다. 교육과 정신계를 위한 사명감 비슷한 것을 깨달았다. 70년 가까이 일을 위해 모든 정성을 쏟았다. 일이 삶의 목적이 되었고, 건강은 뒤따라오는 그림자와 같았다. 건강 때문에 일을 못 한 적은 없었을 정도였다. 건강을 위한 인생이 아니고 '이렇게 살았더니 건강해졌다'는 체험이었다.

90세를 맞게 되었다. 정신적 건강과 인간적 삶에는 변화가 없는데, 신체적 건강의 한계를 느끼기 시작했다. 의사의 도움이 불가피해졌다. 일을 위해서는 건강을 챙기지 않을 수 없었다. 그즈음 무릎의 관절통 때문에 우연히 만난 한의사가 박진호 원장이다. 박 원장은 열심히 연구하는 성실한 성격이었고, 환자를 위하는 정성이 남달리 극진했다. 박 원장을 통해 침을 맞고 치료를 받았다. 그때부터 지금까지 서양 의학의 치료를 보충해 주는 정도로 한의학의 도움을 받아 왔다.

그러는 동안에 박 원장은 100세를 건강히 넘기면서 이렇게 많은 일을 할 수 있는 나 같은 사람의 의학적 건강 비결은 어떤 것이며, 백세 시대를 꿈꾸는 미래 사회를 어떻게 맞이해야 하는가를 찾아보고 싶었던 모양이다. 시간이 허락되는 대로 내 사생활을 연구하고 저서들을 찾아 읽었다고 한다. 그 결과 내 건강관에서 한의학자로서의 연구 결과와의 공통점을 발견한 것 같다.

신체적인 건강 못지않게 소중한 것은 정신적 건강이며, 이 정신적 건강을 유지하고 육성케 하는 것이 인격 또는 인간적 삶의 가치, 즉 인생관이라는 점에 도달한 것이다. 나도 그 구체적 구분과 내용을 모르고 지냈고 박 원장도 어렴풋이 느끼고만 있었으나, 이 책 작업을 진행해 감에 따라 경험과학자인 의사로서 재확인한 것이다. 수많은 사람이 건강을 위해 노력하지만 거꾸로 '이렇게 살았더니 건강해지더라'는 역기능을 확인한 셈이다. 한 사람의 인생철학과 한의학도로

김형석 교수의 백세 건강

서의 가치관의 공통점을 찾았다고 보아도 좋을 것 같다.

　연구의 대상이 내가 아니고 다른 사람이었다면 보다 기쁘게 이 책을 추천하고 싶은 마음이다. 나와 관련이 있기 때문에 추천할 용기가 선뜻 나지 않는다. 그러나 저자와 출판사의 정성어린 시도 덕에 지금까지 유례가 없어 보이는 저서인 것만은 분명하다. 그렇기에 많은 독자가 이 책에 관심을 가져 주면 감사하겠다.

2021년 정초에
김형석

PART 1

얼마나 살 것인가, 어떻게 살 것인가

독수리가 먹이를 움켜쥐듯
희망을 붙잡으십시오

송촌 김형석 선생님을 처음 진료한 것은 2014년 가을이 었습니다. 송촌은 왼쪽 무릎이 아프다고 하셨습니다. 그날 제게 이렇게 물어보시던 것이 기억납니다.

"무릎 아픈 것 여기서 고칠 수 있어요?"

"네, 치료받으면, 좋아지시죠."

"그러면 다행이네요."

송촌은 태어나 처음으로 침을 맞았다고 하셨습니다. 그때 까지는 침 맞을 일도, 한약 먹을 기회도 없으셨다고 합니다. 그날부터 저는 한 달 넘는 시간 동안 송촌의 왼쪽 무릎을 치 료해 드렸습니다.

치료 초기 송촌은 매일 한의원에 오셨습니다. 그만큼 무륜이 불편하셨던 것 같습니다. 2주 정도 지난 다음부터는 일주일에 서너 번 치료를 받으러 오시기에 좀 더 자주 오시라고 말씀드렸습니다. 그랬더니 "불편했던 다리는 많이 좋아졌고요, 침이 아파서 매일은 못 맞겠어요. 지금처럼 와도 괜찮죠?" 하십니다. '백 살이 다 돼도 침이 무섭고 아픈가 보다' 하는 생각을 하면서 "네, 편하게 치료 받으셔야죠" 하고 말씀드렸습니다.

송촌은 그렇게 두 달 정도 집중적으로 치료를 받으셨습니다. 마지막 날, 치료를 끝내고 제게 또 물으셨습니다.

"이제 다 나았으니까 시간 날 때 한 번씩 예방 차원에서 침을 맞으면 되겠죠?"

"네, 그렇게 하시면 도움이 되죠."

송촌은 제게 "고맙습니다" 하고 말씀하면서 환하게 웃으셨습니다. 송촌의 웃는 얼굴을 볼 때마다 해바라기가 연상되곤 합니다. 떠오르는 태양을 맞이하는 해바라기처럼 순수하고 밝고 환하고 때로는 눈부시기도 한, 온몸의 세포가 다 웃는 것만 같은 얼굴입니다. 참 닮고 싶은 얼굴입니다. 그 다음부터 송촌은 가끔 한 번씩 치료를 받으러 한의원에 들르시곤 합니다.

나중에 전해 들은 이야기입니다. 치료받으러 오시기 전 송촌이 혼자 광화문을 걷다가 다리에 힘이 빠져서 갑자기

주저앉으셨답니다. 주위 사람들이 아무도 도와주지 않고 그 냥 지나가더랍니다. 그래서 가만히 앉아 계셨는데, 오만 생 각이 다 들더랍니다.

'나도 이렇게 끝나는구나. 이렇게 해서 처음에는 지팡이 를 짚다가, 다음에는 휠체어를 타고, 그다음에는 안 보이게 되던데…….'

주위 선배나 친구들이 떠오르더랍니다. 이런 상황들을 겪 다가 한 명씩 사회를 떠나가던 그들이 생각나더랍니다. 그 래서 상당한 충격을 받고 낙담하셨답니다. 그런데 제 한의 원에 치료받으러 오신 첫날, "치료받으면 좋아지시죠"라고 한 제 말을 듣고 송촌은 마치 독수리가 먹이를 움켜쥐듯이 희망을 붙잡으셨답니다. 저는 미처 거기까지는 몰랐습니다.

저는 20년 남짓한 시간을 진료실에서 보내 왔습니다. 그 동안 만난 환자는 셀 수 없이 많았고, 그들의 상황, 환경 또 한 천차만별이었습니다. 그렇다고 딱히 다를 건 없고, 대부 분은 그냥 평범한 환자와 한의사의 관계입니다. 환자는 정 해진 기간 동안 치료를 받고 저는 치료를 합니다. 그러면 대 부분 완쾌됩니다. 그러다가 한 번씩은 치료하기 까다로운, 난이도가 있는 환자를 만납니다. 그럴 때는 꿈속에서도 처 방을 연구합니다.

한번은 시력이 어두우신 할머니를 만났습니다. 오른쪽 눈

김형석 교수의 백세 건강

은 빛이 있는지 없는지만 구분할 수 있고, 왼쪽 눈은 사물이 보이긴 하는데 안개가 짙게 낀 것처럼 희미하게 보인다고 하셨습니다. 양쪽 눈이 빠질 것처럼 아프고, 머리는 깨질 것 같다고 표현하셨습니다. 심하면 구토까지 한다고 하셨습니다. 그럴 때면 '이렇게 죽는가?' 하고 생각하셨답니다. 그때 저는 그 할머니께도 이렇게 말씀드렸습니다.

"치료받으면 좋아지시죠."

그렇게 치료를 시작했습니다. 3개월 동안 집중적으로 치료 받은 뒤, 할머니께서 제게 이렇게 말씀하셨습니다.

"다른 병원을 많이 다녀 봤어요. 어느 병원에서는 두 눈을 빼자고도 했어요. 원장님 덕분에 이제 그전처럼 아프지 않아요. 머리는 가끔씩 조금 아프고, 눈은 다 나았어요. 보이는 것도 훤해졌어요. 전에 비하면 다 보이는 셈이죠. 그래서 오늘도 버스 타고 왔어요."

얼마 전까지는 보호자가 모시고 왔어야 했나 봅니다. 저는 거기까지는 미처 생각을 못 했습니다. 할머니는 그렇게 2년 정도 치료받으셨고, 요즘도 가끔씩 치료를 받으러 오십니다.

또 한 환자는 폐암 말기였습니다. 저와는 가까운 사이였습니다. 대학병원에서 말기 암 치료를 다 받았는데 완치가 안 되셨답니다. 결국 병원에서 더 이상 해줄 것이 없으니 집으로 돌아가라고 했답니다. 슬픈 말이지만, 집에 가서 죽을 날을 기다리라는 뜻이었습니다. 병원에서 말해 준 남은 시간은 4주였습니다. 그분이 제게 이야기하셨습니다.

"네가 나 좀 살려 줘라."

그때도 저는 그분께 말씀드렸습니다.

"치료받으면 좋아지시죠. 열심히 해 볼게요."

환자에게 침을 놓고, 보호자를 조용히 불렀습니다.

"대학병원에서 4주라는 시간을 말해 준 것은 객관적인 사실입니다. 환자 본인에게는 희망을 줘야 하지만, 보호자에게 잘못된 기대를 줄 수는 없기에 말씀드립니다. 그렇지만 최선을 다하겠습니다."

다행히 보호자는 제 말을 잘 이해해 주었습니다. 그 환자는 집이 멀리 떨어져 있었기에 침은 그날 하루만 맞고 1년 남짓 복약만 하셨습니다. 그리고 세상을 떠나셨습니다. 병원에서 준 4주라는 시간보다는 길었지만, 충분히 연장시켜 드리지는 못했습니다. 이런 경우는 언제나 아쉽습니다. '좀 더 일찍 치료받으러 오셨더라면 어땠을까? 집이 멀더라도 좀 더 침 맞으러 오셨더라면……' 하고 며칠을 생각하게 됩니다.

몇 번은 한의사 면허증을 걸고서 진료를 한 적도 있습니다. 의료 사고라는 오해를 일으킬 만한 일들도 있었고, 온몸에 경련이 일어나고 척추가 뒤로 휘어지는 각궁반장(角弓反

張)이 나타나는 일도 있었습니다. 햇빛 알러지 때문에 10여 년 동안 여름에도 반팔을 못 입었던 환자로부터는 왜 빨리 낫지 않느냐고 협박을 당하기도 했습니다. 어떤 환자들은 원장실에서 난동을 부리기도 합니다. 그때마다 뒤늦은 아찔함이 있지만, 그래도 이 환자가 내 부모였다면, 내 자녀였다면, 내 친구였다면, 내 형제였다면 면허증 걸 만하지 않았나 하며 스스로를 위로하곤 합니다.

이렇게 쓰고 보니 제가 무슨 명의나 된 것 같지만 오해 없기를 바랍니다. 저는 명의는 아닙니다. 그저 제가 가진 것으로 최선을 다하고 싶을 뿐입니다. 그렇게 최선을 다하라고 처음 가르쳐 주신 분이 송촌입니다.

제가 송촌을 처음 만난 건 중학교 3학년 초여름 무렵이었습니다. 종각에 있는 시사영어사에서 성경 강좌가 있었습니다. 강사가 송촌이었습니다. 제가 왜 그곳에 가게 되었는지는 기억에 없습니다. 그저 어머니를 따라갔던 것으로 기억합니다.

그날 송촌이 강의하신 성경 말씀은 마태복음 25장에 있는 달란트 비유였습니다. 다섯 달란트를 받은 사람이 다섯 달란트를 더 벌고, 두 달란트를 받은 사람이 두 달란트를 더 벌지만, 한 달란트를 받은 사람은 그대로 땅에 묻어 두었다가 한 달란트를 가져왔다는 이유로 '악하고 게으른 종'이라

책망을 들은 이야기입니다. 그날 달란트가 '재능'을 뜻하는 영어 단어 'talent'의 어원이라는 이야기를 처음 들었습니다. 그리고 송촌이 이렇게 말씀하신 것을 지금도 기억하고 있습니다.

"우리 모두에게는 각자의 재능이 있습니다. 그 재능을 다른 사람과 비교하지 말고 주님께서 내게 원하시는 일이 무엇인가를 찾아야 합니다. 그렇게 할 때 자신의 부족을 깨달아 겸손해지고, 그 부족을 채우기 위해 성실해집니다. 그래서 내가 하는 일이 대단치 않다는 사실을 깨닫게 됩니다. 그래도 그 작은 일에 정성을 다할 때 예수님께서는 하늘나라를 위한 더 큰 일을 맡기십니다. 내 재능을 위해 노력을 게을리하면 있는 것마저도 빼앗기지만, 나를 위해 모든 노력을 다하는 사람에게 하나님은 더 많은 능력과 힘을 약속해 주십니다."

이 강의를 듣기 전까지 저는 학교에서 수업만 열심히 들었을 뿐 따로 학교 공부는 하지 않았습니다. 독서는 즐겨 했던 듯합니다. 그렇지만 공부는 시험 때에도 안 했습니다. 시험이란 평상시 실력을 평가하는 것이라고 생각했습니다. 시험을 치기 위한 공부를 시간 내서 하는 것은 정당하지 않은 행동이라고까지 생각했습니다. 하지만 나의 재능을 위해 노력해야 한다는 달란트 비유를 듣고 저는 큰 충격을 받았습니다. 그때부터 학교 수업을 열심히 들을 뿐만 아니라 집에서도 공부하기 시작했습니다. 나중에야 친구들은 그전부터 집에서 따로 공부하고 있었다는 사실을 알았습니다. 한번은 담임선생님이 복도에서 "이제야 공부를 하는구나. 성적이 많이 올랐던데" 하고 칭찬을 해 주셨습니다. '재능을 위해 노력해라. 최선의 인생을 살아라. 그런 사람이 이웃을 위해 산다'는 송촌의 교훈은 그날 이후 제 삶에 여전히 영향을 미치고 있습니다.

희망은 성실을 낳고, 성실은 즐거움을 낳습니다. 자신이 하는 일에 즐거움을 느끼고 성실히 임할 때 건강은 덤으로 따라와 주는 선물이라는 것을 송촌에게 배웁니다.

스트레스의 결국은 죽음이지만
예방이 가능합니다

2011년, 송촌을 다시 만났습니다. 제 한의원에 들르셨는데, 치료를 목적으로 오신 것은 아니었습니다. 오랜만의 재회였지만 송촌은 여전하셨습니다. 지난날 제 기억에서 머리카락에 약간의 회색을 덧칠하고 키를 조금 줄이신 모습으로, 70대 초반 정도의 인상이었습니다.

오신 김에 진맥 한번 받아 보라는 주위의 부추김에 송촌은 진료를 받으셨습니다. "아무 데도 불편한 데 없어요" 하면서 진료 의자에 앉으셨는데, 저는 진맥을 하고 깜짝 놀랐습니다. '세상에, 이렇게 건강한 맥을 가질 수 있나?' 하고 말입니다.

한의사가 진료에 참고하는 방법 중 하나가 진맥(診脈)입니다. 진맥을 통해 내과적인 질병의 원인과 위치를 감별하여 치료에 임하게 됩니다. 진맥을 거쳐서 병인(病因)과 병소(病所)를 표리(表裏), 한열(寒熱), 허실(虛實), 오장육부(五臟六腑), 십이경락(十二經絡)으로 나누는데, 크게 보면 음양(陰陽)입니다.

맥은 객관화하기는 어려운 내용입니다. 대체적인 내용을 흐르는 강물에 비유해서 예를 들어 보겠습니다. 겨울에는 물이 얼어서 흐르지 못합니다. 다만 깊은 물은 그 안에서 흐릅니다. 봄이 되면 얼었던 물이 녹으면서 조금씩 드러나 얕게 흐릅니다. 여름이 되면 얼어 있는 곳 없이 물 전체가 흐릅니다. 비가 오고 난 후에는 물이 더욱 불어나서 계곡부터 강까지 깊고 넓게 흐릅니다. 그러다가 가을이 되면 물의 흐름이 점점 가라앉습니다. 겨울이 되면 다시 강물이 얼어붙고 안에서만 흐릅니다. 이것은 계절에 따라 맥이 변하는 모습과 같습니다. 그래서 진맥을 할 때 이런 것들을 생각하면서 맥이 얕게 있는지, 깊게 있는지를 봅니다. 맥이 얕게 있으면 부맥(浮脈), 깊게 있으면 침맥(沈脈)이라고 합니다.

맥은 나이에 따라서도 변합니다. 어린 아이들의 맥은 녹은 얼음물이 방울방울 떨어지듯이 출렁거리면서 빨리 뜁니다. 젊은이들의 맥은 큰 계곡물처럼 콸콸 쏟아집니다. 발이라도 담그면 떠내려갈 정도로 맥의 힘이 거셉니다. 노인들의 맥은 바다에 다다른 강물 같습니다. 멈출 듯하면서 흐릅니다. 진맥할 때 이런 것들을 생각하면서 맥이 느린지, 빠른지를 봅니다. 느리면 지맥(遲脈), 빠르면 삭맥(數脈)이라고 합니다.

그날 송촌의 맥은 장년의 것이었습니다. 노년이라고는 도무지 생각할 수 없는 맥이었습니다. 아무리 허준 선생이라도 진맥만으로 그분의 나이를 가늠하려고 했다면 50~60대라고 말했을 것입니다. 저는 소란스러움은 감추고 "교수님, 건강하시네요"라는 한마디로 진맥 결과를 말씀드렸습니다.

보통 한의사들이 진맥을 하고 환자들에게 설명할 때는 마치 외국어를 번역하듯 알아듣기 쉽게 풀어서 표현합니다. 예를 들어, "스트레스가 많으시네요. 신경 쓸 일이 많은가 봅니다. 낮에는 피곤하고 졸리고, 밤에는 자려고 해도 잠이 잘 안 오시죠? 잠이 들어도 깊게 못 자고 자주 깨시고요. 꿈도 많이 꾸는데, 무슨 꿈인지도 모르게 산만하네요. 가슴이 답답하면서 아프기도 하고, 소화는 잘 안 되네요. 어깨는 무겁고, 머리는 멍하고, 집중이 안 되시겠네요. 요즘은 심장이 뛰는 게 느껴지기도 하겠고, 깜짝깜짝 놀라거나 불안하시지는 않은가요? 때때로 화가 치밀어 참지 못하시기도 하나요?" 하는 식입니다. 이것은 흔히 말하는 화병의 증상들입니다. 또한 자율신경이 실조되어 있는 상태입니다. 이때의 맥은 왼 손목의 관맥(關脈)에서 촌맥(寸脈) 쪽으로 빠르고 가는 박동이 나타납니다. 한의사는 그것을 환자가 이해하기 쉽도록 번역해서 설명하는 것입니다.

맥에서의 음양을 말할 때, 부맥과 삭맥은 양, 침맥과 지맥은 음입니다. 일상생활에서 이렇게 사람의 맥에 변화를 일으키는 것은 자율신경계(autonomic nervous system, ANS)입니다. 자율신경계는 말초신경계통에 속하는 신경계로, 심장을 비롯한 평활근과 같은 불수의(不隨意)적 구조들의 신경 지배와 외분비샘과 일부 내분비샘을 통제하여 인체 내부의 환경을 일정하게 유지하는 역할을 합니다. 자율신경계는 교감신경과 부교감신경으로 나뉘며, 잠재적 수준에서 인체 대부분의 기능이 이뤄집니다. 즉 생명 유지에 필요한 호흡, 순환, 흡수, 분비 등에 대한 정보를 모니터링하고 신체 내부 환경의 항상성을 유지합니다.

교감신경은 흥분, 긴장, 응급상황 시 활성화되어 '싸우느냐, 도망가느냐' 같은 것을 결정하는 작용을 합니다. 교감신경이 활성화되면 노르에피네프린(norepinephrine)에 의해 혈중 포도당 농도가 높아지며 심장 박동 증가, 심장 및 골격근 혈관 확장, 혈압 상승, 호흡 증가, 땀 증가, 지방 분해 증가가 일어납니다. 반면 소화기계 기능은 감퇴하고, 내장 동맥과 피부 점막이 수축합니다. 이처럼 각성 상태를 상향 조정하여 스트레스에 반응할 준비 태세를 만듭니다. 예를 들어 오랫동안 기다려 온 취업을 위한 면접 상황과 같이 스트레스가 일시에 집중될 때 교감신경이 활성화됩니다.

부교감신경이 활성화되면 일반적으로 정반대의 반응이 나타납니다. '휴식과 소화'로 신체 반응이 진행되며, 에너지 이용을 최소화하여 에너지를 보존하는 기능을 수행합니다. 인슐린(insulin)에 의해 포도당이 간에 저장되어 혈중 포도당 농도가 낮아지고, 아세틸콜린(acetylcholine)에 의해 심장 박동 및 호흡의 감소, 혈압 하강이 나타납니다. 반면 소화기계 기능은 촉진되고 내장 동맥은 확장됩니다.

만약 교감신경만 작용하거나 부교감신경만 작용하면 어떻게 될까요? 혈압 같은 경우 교감신경만 작용한다면 자동차의 엔진이 과열되어 폭발하는 것처럼 무작정 상승하다가 심장이 멈출 것입니다. 부교감신경만 작용한다면 혈압은 자동차의 엔진이 갑자기 꺼지는 것처럼 무작정 하강하다가 마찬가지로 심장이 멈출 것입니다. 하지만 일반적으로 이 두 신경은 내분비계와 더불어 상호 되먹임(feedback)을 통해 인체 내부 환경의 항상성을 유지합니다. 이렇듯 자율신경계에서 음양을 생각해 볼 수 있습니다. 교감신경과 노르에피네프린은 양이며, 부교감신경과 아세틸콜린은 음입니다. 교감신경과 부교감신경이 조화롭게 각각의 상황에 맞춰서 작용하고 있다면 인체는 건강한 상태를 유지하게 되고, 한의학에서는 이를 두고 '음양의 조화를 이루고 있다'고 말합니다.

그러나 문제는 현대인들이 불필요하게 너무 자주 스트레스에 노출된다는 것입니다. 스트레스 상황이 아닌데 스트레스를 받는 경우도 부지기수입니다. 이때 우리는 마음의 평정을 잃습니다. 일과성이라면 큰 문제가 되지 않습니다. 그런데 이런 생활이 지속되면 문제가 생깁니다. 흔히 '모든 병은 스트레스에서 온다'고 합니다. 이것은 한의학적인 표현으로는 음양의 부조화, 수화불교(水火不交)입니다. 이렇게 스트레스가 원인이 되어 음양의 조화가 깨지면 자율신경 조절의 실패뿐만 아니라 자질구레한 병이 영화의 예고편처럼 나타납니다. 그 원인이 해소되지 않은 상태로 유지, 악화되면 고혈압, 당뇨, 암 등 만성병이 영화의 본편으로 진행될 가능성이 높아집니다. 영화의 제목은 '스트레스, 인간의 종말'입니다. 이 영화의 마지막 장면은 죽음입니다. 내가 얼마나 고통스러울 것인가, 주위를 얼마나 고생스럽게 할 것인가의 차이에 따라 이야기의 진행은 달라질 수 있지만, 마지막 장면은 달라지지 않습니다.

일상생활에서 스트레스에 대처하는 아주 간단한 해결법이 있습니다. 자율신경에 약간의 의식적 조절을 시도하는 것입니다. 사실 자율신경은 그 이름이 지어지기를 '대뇌의 직접적인 지배를 받지 않는다'는 의미로 붙여진 만큼 의식적인 조절이 어렵습니다. 생명 유지에 필요한 인체의 호흡, 순환, 흡수, 분비는 자율신경에 의해서 조절되기 때문에 우리 생각으로는 조절할 수 없습니다. 내가 생각으로 '혈액의 순환을 빠르게 해야겠다', '영양분의 흡수를 촉진시켜야겠다', '땀을 좀 내서 체온을 낮춰야겠다'는 명령을 내린다고 몸이 받아들이겠습니까? 이런 것들은 내 의지와는 상관없습니다.

다만 이 자율신경계의 조절에 우리의 의지를 개입시킬 수 있는 것이 하나 있습니다. 바로 '호흡'입니다. 호흡을 느리고 깊게 하는 심호흡을 통해 교감신경 모드를 부교감신경 모드로 전환시킬 수 있습니다. 심박수를 늦추고 혈압을 낮출 수 있습니다. 면접처럼 긴장되는 상황이나, 갑자기 끼어든 차 때문에 놀란 경우, 억울한 누명 등으로 참을 수 없이 화가 날 때 심호흡을 해 봅시다. 교감신경의 작용에 부교감신경이 개입하여 마음에 평정이 찾아오는 것을 느낄 것입니다.

먼저 심호흡의 '기초 과정'입니다. 3초 동안 숨을 들이 쉬고, 6초 동안 숨을 내 쉬어 보십시오. 평소에 (1) 가슴이 답답합니까? 심호흡해 보세요. (2) 소화가 잘 안 되나요? 한 번 더 심호흡해 보세요. (3) 깜짝깜짝 놀라세요? 다시 한번 심호흡해 보세요. (4) 불안한가요? (5) 화가 치미나요? 그렇다면 반복해서 심호흡을 해 보세요. 반드시는 아니지만, 대체로 질병은 (1) → (2) → (3) → (4) → (5)의 단계를 밟아 진행합니다. 이렇게 질병이 진행되는 중에 불면증을 자각합니다. 대부분 가슴이 답답한 상태에서는 한의원을 찾지 않습니다. 소화 기능에 불편을 느낄 때가 되어서야 내원합니다. 이런 환자는 침을 놓으면서 심호흡을 세 번 정도만 반복시키면 침 뺄 때는 거의 낫습니다.

심호흡의 기초 과정을 반복하면서 마음의 평정을 이루고 미소까지 지을 수 있다면 우리에게 스트레스를 줬던 일을 객관적으로 볼 수 있게 됩니다. 예를 들어 면접 때 긴장하는 것은 보다 좋은 답변을 준비하기 위해서였습니다. 갑자기 차가 끼어들었지만 재빠르게 대처했기 때문에 큰 사고를 면했고, 억울한 누명을 썼다는 것은 해결법이 있다는 암시입니다. 이렇게 음양의 조화, 수승화강(水升火降)을 시작하는 첫 열쇠는 심호흡입니다. 심호흡을 생활화하는 것만으로도 어지간한 스트레스로 인한 질환을 예방할 수 있습니다.

심호흡의 '심화 과정'은 운동입니다. 제가 환자에게 권하는 운동은 걷기, 빠르게 걷기, 수영, 등산입니다. 이 운동들은 모두 몸의 좌우를 동시에 사용한다는 공통점이 있습니다. 왼쪽을 주로 사용한다거나, 오른쪽을 많이 쓰는 운동이 아니라는 뜻입니다. 다만 뛰기와 자전거 타기는 권하는 운동 목록에서 빠졌습니다. 뛰기는 무릎 관절을 악화시키고,

자전거 타기는 허리 관절에 부담을 주기 때문에 나이가 많아지면서 계속하기에는 어려움이 따릅니다.

송촌의 일상 속에서 심호흡의 심화 과정을 발견할 수 있습니다. 송촌은 어지간한 거리는 걷고, 자가용보다는 대중교통을 이용하신다고 합니다. 송촌의 걷는 모습을 유심히 본 적이 있습니다. 허리가 꼿꼿하고 걸음걸이가 정확하십니다. 엄지발가락이 정면을 향하는 발걸음입니다. 근육의 무리라든가 관절의 손상 가능성이 보이지 않습니다.

송촌이 운동으로 산책과 수영을 즐기신다는 사실은 이미 많이 알려져 있습니다. 특히 송촌이 수영을 좋아하신다는 것이 인상적입니다. 수영은 전신의 근육을 모두 사용하는 좋은 운동입니다. 다만 수영은 귓속으로 물이 들어가는 것이 원인이 되어 중이염을 일으킬 위험성이 있습니다. 대체로 중이염은 외이도염을 거쳐 진행합니다. 그런데 평영은 귀에 물이 들어갈 가능성이 낮습니다. 즉 평영을 하면 수영을 즐기면서 중이염의 가능성을 낮출 수 있습니다. 송촌이 평영을 즐기시면서 응용 동작을 하시는 것을 본 적이 있습니다. 배영의 자세로 팔과 다리의 움직임은 평영과 똑같이 하는 것입니다. 이 수영법이 송촌의 '꼿꼿한 허리'의 비방이라고 추정해 봅니다.

수영을 제외한 일반적인 전신 운동은 관절에 부담을 줄

수 있습니다. 중력의 영향을 받기 때문입니다. 현대인들이 즐기는 운동 중에 등산이 있습니다. 젊은 층보다는 중년이 넘어가면서 등산의 매력에 빠지는 사람들이 종종 눈에 띕니다. 그러나 등산은 하산할 때가 문제입니다. 근육에 부담이 된 상태에서 하산을 하다 보면 다리에 힘이 풀려 과부하된 체중이 무릎 관절에 충격을 줄 수 있기 때문입니다. 이 충격이 반월상 연골판 손상의 원인이 됩니다. 반월상 연골은 무릎에 있는 초승달 모양 연골로, 무릎에 가해지는 충격을 완화하고 관절이 자유롭게 움직일 수 있게 돕는 역할을 합니다. 반월상 연골판 손상은 퇴행성 관절염으로 진행될 위험이 있습니다. 산을 내려올 때 주의해야 할 부분입니다.

심호흡의 '응용 과정'은 노래 부르기와 낭독하기입니다. 노래 부르기는 어떤 노래든 좋습니다. 다만 가능하다면 가사를 음미할 수 있고, 되뇔수록 그 의미를 생각해 볼 수 있는 곡이 더 좋겠습니다. 낭독하기도 어떤 책이든 좋습니다. 다만 가능하다면 인생의 깊은 뜻을 담고 있고, 암기하고 싶을 정도의 내용의 책이면 더 좋겠습니다.

송촌의 댁을 방문하면 낮게 허밍으로 노래를 부르시는 모습을 발견합니다. 심호흡의 응용 과정의 하나라고 생각합니다. 또 신앙심이 남다른 송촌은 어려서부터 성경을 낮은 목소리로 낭독하신다고 합니다. 특히 복음서를 좋아하며, 그

중에서 요한복음을 낭독할 때는 예수님의 목소리가 느껴진다고 하십니다. 송촌의 목소리는 늘 잔잔하고 평온합니다. 말씀하실 때의 음성은 장단강약이 고르며 호흡이 충분히 깁니다. 오랜 시간 수련한 내공이 느껴집니다.

심호흡은 본래의 목적 이외에 '자기 암시'의 효과도 기대할 수 있습니다. '자기 변화'의 시작이 될 수도 있습니다. 자기 암시와 자기 변화는 '자기실현 예언'(self fulfilling prophecy)의 토대가 될 수 있습니다. 자기실현 예언은 평상시 자신의 말과 행동이 믿음이 되고, 그 믿음이 다시 자신의 말과 행동으로 반복되면서 이뤄집니다. 이렇게 한 사람의 성격과 개성이 되고 충분한 시간이 흐른 뒤에는 그 사람의 인격으로 형성됩니다. 그래서 실패하는 사람은 실패가 습관이 되듯이, 성공하는 사람은 성공이 습관이 됩니다. 이렇게 악순환과 선순환을 반복하는 결과를 가져옵니다. 그 시작을 심호흡의 응용 과정에서 단순한 건강을 넘어서는 단계로 이를 수 있게 됩니다.

한번은 송촌과 함께 호텔 커피숍에 앉아서 누군가를 기다리고 있었습니다. 그때 커피숍 건너 로비와 연결된 계단으로 70대 중반 정도의 여성이 힘겹게 내려오고 계셨습니다. 그분은 오른쪽 무릎에 통증이 있는지 제대로 힘을 주지 못하고 절룩거리셨습니다. 송촌이 그 여성을 가만히 보시더니

"나이 먹으면 무릎이 안 좋아지나 봐요?" 하면서 남의 일이 아니라는 듯 물어보셨습니다. 제가 그때 이렇게 말씀드렸습니다.

"꼭 그런 것은 아니고요, 나이에 따른 변화는 가장 안 좋은 곳부터 나타납니다. 외상을 제외하고 체력이 떨어지면 평상시 가장 불편했던 부분부터 변화가 옵니다. 예를 들어 무릎이 안 좋았던 사람은 무릎부터, 허리가 안 좋았던 사람은 허리부터, 젊어서 어깨를 다친 적이 있었다면 어깨부터 문제가 생기는 경우가 많습니다. 나이 들고 면역력이 떨어지면 대부분 감기로 질병이 시작됩니다. 그리고 그 감기가 잘 낫지 않고 지속되면서 다른 합병증을 일으킵니다. 그러면서 다른 부위의 통증도 심해집니다. 가장 걱정스러운 것이 노년기에 겪게 되는 정신적인 충격입니다. 체력도 면역력도 동시에 떨어지면서 곧이어 무너집니다. 공자도 제자 안회와 아들의 죽음, 그리고 제자 자로의 죽음에 영향을 받았던 듯합니다."

"그런 것 같아요. 나이 먹은 사람한테는 좋은 얘기만 해야지, 안 좋은 얘기는 안 하느니 만 못해요."

지금껏 살펴본 것처럼 스트레스는 건강의 가장 큰 적입니다. 약간의 스트레스는 도움이 될 수도 있지만, 일반적으로 병과 죽음을 초래합니다. 따라서 심호흡의 기초, 심화, 응용

방법을 실천함으로써 스트레스에서 벗어나 행복한 건강을
유지하기 바랍니다.

미움보다는 믿음이
우리를 건강하게 합니다

한의사의 필독서 중 하나가 《의학입문》(醫學入門)입니다. 제가 이 책을 처음 펼친 때는 본과 1학년에 올라가기 전, 겨울방학이 끝나 갈 무렵이었습니다. 예과 2년 동안 나름 공부를 했으니 입문 정도는 읽을 수 있겠다고 생각했지만 자신감을 넘어선 오만이었습니다.

이 책의 첫 쪽은 선천도(先天圖)라고 해서 커다란 원 하나만 있습니다. 다음 쪽에 그것에 대한 해설이 있습니다.

《주역》(周易)을 공부한 뒤에야 의도(醫道)를 말할 수 있다. 획(畫)을 공부하는 것도, 효(爻)를 공부하는 것도 아니다. 그것을 시험해 보자. 마음이 획으로 인한 것인가? 효로 인한 것인가?

원리(元理)와 원기(元氣)가 전부 합하여 그 사이가 없다. 하늘을 낳고, 땅을 낳고, 사람을 낳고, 사물을 낳는 모든 것이 이 조화로서 주로 하게 된다. 건강하게 살려는 사람이 이것을 깨달으면 화가 치밀 때는 연못의 물로 그 불을 끄듯이 해야 하고, 욕심이 흘러넘칠 때는 산의 흙으로 그 물을 막듯이 해야 분노와 욕심 모두 없이 편안하게 된다. 병을 다스리는 사람이 이것을 깨달으면 자연히 사물을 판별하고 방법이 정하여져서 뿌리 깊은 고질병도 대번에 낫게 한다.

책의 첫 머리에 둥글게 그려서 글자를 알지 못하는 사람에게 편리하게 하고, 책을 열면 마음이 경건해지고 지극히 간단하고 쉬워서, 이 그림을 보고 즐기다 보면 다다름이 있을 뿐이다.

《주역》(周易)은 사서삼경의 하나입니다. 저와는 인연이 깊은 책이기도 합니다. 한의대에 다닐 때 대산(大山) 김석진 선생으로부터 주역을 배웠습니다. 일주일에 한 번씩 강의를 해 주셨는데, 《주역》을 일독하면 한시(漢詩)와 함께 호(號)를 내려 주십니다. 그때 제게 주신 한시입니다.

地球一村景萬千

鎭其南北脉相連
春風秋月浩然地
壽世秘方永世傳

우리 사는 땅, 한 마을, 하나하나 밝히시게

이 끝에서 저 끝으로 그 흐름 닿아 있네

바람 부는 봄, 달 비추는 가을, 온누리

세상 살리는 아름다운 처방은 오래 전해진다네

그리고 대산은 저에게 경촌(景村)이라는 호를 주셨습니다.

제가 《주역》을 처음 만난 것은 고등학교 2학년 여름방학
이었습니다. 모두의 사춘기가 그렇듯, 저 역시 가슴 한 구석
에 채워지지 않는 허전함이 있었습니다. 그 허전함을 무엇
으로 찾아 채워야 할까 고민하다가 《주역》을 보게 됐습니
다. 고등학교 1학년 때는 《논어》를 보면서, 초라한 수준이긴
하지만 공자의 가르침을 얻었습니다. 공자가 주역경문(周易
經文)을 좋아해 죽간의 가죽 끈이 세 번이나 끊어지도록 연
구했고, 십익(十翼)을 덧붙여 우리가 지금 보고 있는 주역을
엮었다는 사실을 알았습니다.

《주역》은 천지와 만물이 생성하고 변화하는 음양의 이치
를 담은 글입니다. 한때는 '점서'(占書)라는 선입견도 있었
는데, 그것은 음양의 상호작용에서 길흉(吉凶)이 나오기 때

문인 듯합니다. 현실적으로 사람들은 흉한 것은 피하고 길한 쪽으로 가기를 원합니다. 그래서 점서의 기능도 없지 않습니다. 점서의 기능 때문에 《주역》이 살아남았다는 견해도 있습니다. 진시황 때 분서갱유(焚書坑儒) 사건이 있었습니다. 이때 의(醫), 약(藥), 복서(卜筮), 농업 서적 이외의 서적들을 모두 불태웠고 선비들을 생매장했습니다. 아마도 이 사건이 역사적으로 최초의 언론 탄압이었을 것입니다. 그런데 진시황이 《주역》을 불태우려고 보니까 점서였습니다. 그래서 '이 책은 내가 두고두고 어려운 일이 있을 때 써먹어야겠다' 하고는 태우지 않았다는 이야기가 있습니다.

그런데 《주역》은 그 뜻을 확대하면 천지자연의 모든 상황에 이르고, 축소하면 일상생활의 사소한 일에까지 미칩니다. 그것은 읽는 사람의 생각에 따라 깊을 수도 얕을 수도 있지만, 그 논리는 항상 평이하고 쉽습니다. 그래서 《주역》을 동양 최고의 수양서라고도 합니다. 그 근거가 몇 가지 있습니다.

첫째, 《주역》은 고정이나 정체를 거부합니다. 모든 것은 변한다는 것이 대원칙입니다. 쉬운 예로 밤이 깊으면 깊어질수록 낮이 가까워지고, 낮이 밝으면 밝아질수록 밤이 가까이 옵니다. '닭의 목을 비틀어도 새벽은 온다', '해가 뜨기 전이 가장 어둡다'는 말을 합니다. 이것이 《주역》의 논리 중

하나입니다.

둘째,《주역》은 운명을 전제로 하되 그 논리가 숙명적인 것은 아닙니다. 인간의 운명은 스스로의 마음 자세와 노력으로 발전하거나 변화할 수 있다고 설명합니다. 인간에게 반성과 노력이 무의미하지 않다는 사실을 제시합니다.

셋째,《주역》에는 '절대'가 없습니다. 조그만 하자도, 불운의 징조도 없는, 완전하기만 한 길괘는 없습니다. 반대로 철두철미하게 나쁘기만 한 절망의 흉괘도 없습니다. 비교적이고 상대적인 길괘와 흉괘가 있습니다. 또한 그런 일들은 모두 한때의 현상에 불과합니다. 따라서《주역》은 우리 사는 세상이 모두 한때임을 알게 함으로 작은 일에 구애를 받거나 눈앞의 이익에 집착하지 말고 좀 더 여유 있는 태도로 세상을 살라고 가르칩니다.

《주역》은 우주(宇宙)가 변화하는 원리를 밝혀 줍니다. 자연의 운행 질서와 인류 사회의 근본 원리를 모두 포함하고 있습니다. 하늘의 운행이 땅에 영향을 주고, 땅은 이것을 받아들여 변화하고, 이것을 다시 하늘에 반영하는 원리를 설명합니다. 인간은 소우주(小宇宙)로서, 우주가 변화하는 모습을 닮았다고 합니다. 그래서 인간의 생리적인 현상이나 병리적인 변화도《주역》을 이해하면 좀 더 쉽게 유추할 수 있습니다. 그래서《주역》을 공부한 뒤에야 의도를 말할 수 있다고 합니다. 한의학은 해부학을 통한 학문은 아닙니다. 해부라는 단어가 함축하고 있는 의미처럼, 해부는 이미 죽은 다음의 일입니다. 물론 한의학에도 해부학이 있습니다. 단지 한의학은 '살아 있는 인간'에 더 중점을 둔다는 점을 강조하고 싶을 뿐입니다.

《의학입문》의 첫 단락에서 '우리의 마음은 어떤 효로 이뤄진 것인가?'를 묻고 있습니다. 마음은 연역이나 귀납으로 설명할 수 있는 것이 아니면서, 연역적이고 귀납적입니다. 그래서 그 사이를 알 수 없습니다. 같은 방법으로 하늘, 땅, 사람, 사물이 이뤄집니다. 건강하게 살려는 사람과 병을 다스리는 사람은 이것을 깨달아야 합니다. 마음에서 일어나는 변화의 예를 들어 보겠습니다.

분노와 욕심은 인간의 원초적이면서 대표적인 마음의 한 상태입니다. 그러면서 스트레스라는 나무의 뿌리가 됩니다. 이 나무가 뿌리를 내리면서 점점 자라면 질병이라는 열매를 맺습니다. 분노의 얼굴을 하고 선천도의 거울을 들여다보면 나를 쳐다보는 것은 분노입니다. 욕망의 얼굴을 하고 선천도의 거울을 들여다보면 나를 쳐다보는 것은 욕망입니다. 분노와 욕심이 내 몸을 해친다는 것을 깨닫고 물리치면 남는 것은 아무것도 없습니다. 분노의 불로 타오르는 마음도, 욕심의 물로 흘러넘치는 마음도 없습니다. 커다란 원만 남습니다. 이 원은 텅 빈 마음입니다. 《의학입문》은 텅 빈 마음을 뜻하는 커다란 원(圓)을 하나 그려 넣고 이렇게 쉽고 간단하다고 친절하게 설명해 주고 있는 것입니다.

《의학입문》에서는 분노와 욕심을 갖지 말라고 가르칩니다. 분노와 욕심은 대상이 있습니다. 그 대상은 언제나 남, 곧 이웃입니다. 나와 이웃과의 관계를 통해서 '스트레스 나무'가 자랄 수도, 그 나무를 뿌리째 뽑을 수도 있습니다. 그렇다면 우리는 이웃을 어떤 마음으로 대해야 할까요? 송촌께 이런 질문을 드린 적이 있습니다.

"인체 대부분의 기능은 잠재적 수준에서 자율신경계인 교감신경과 부교감신경을 기반으로 이뤄집니다. 교감신경과 부교감신경이 조화되어 각각의 상황에 맞춰서 작용하고 있다면 인체는 건강한 상태를 유지하게 되지요. 이것을 한의학에서는 수승화강의 상태, 즉 음양이 조화를 이루고 있다고 말합니다. '이웃을 사랑해라', '원수를 용서해라' 하셨던 예수님의 가르침을 교감신경과 부교감신경의 관점에서 생각해 봤습니다. 이웃을 사랑하지 못하고 원수를 갚으려고 하는 마음은 흥분되어 있는 스트레스의 상황으로 교감신경이 우위예요. 그런데 이웃을 사랑하고 원수를 용서하면 마음이 편안하고 안정되어 스트레스가 없는 부교감신경이 우위의 상태로 갈 수 있지 않겠습니까? 이렇게 자율신경의 조절이라는 측면에서도 예수님의 가르침을 생각해 봤습니다. 선생님은 이 의견에 대해 어떻게 생각하십니까?"

"난 과학적으로 말하는 것은 자신이 없어요. 질문을 어떻게 받아들이면 좋을지 모르겠네요."

그래서 제가 조금 설명을 곁들였습니다.

"예를 들어, 먼 옛날 사람들은 사냥을 했지요. 사냥은 내가 먼저 죽이지 않으면 죽을 수도 있는 상황입니다. 그러니 얼마나 긴장이 됐겠습니까? 이런 상황에서는 교감신경이 우위에 있게 됩니다. 그런데 위험한 사냥이 끝나고 가족들과 둘러앉아 음식을 먹을 때는 마음이 편했겠지요. 이렇게 배불리 먹고 편히 쉴 때는 부교감신경이 우위로 작용합니다."

그러자 송촌은 다시 한번 "난 과학적으로 말하는 것은 자신이 없는데" 하며 말씀을 이어 가셨습니다.

"우리 삶은 과학을 포함하면서도 더 넓은 일상생활이 있는 것 같아요. 교감신경, 부교감신경과 같은 과학적인 영역이 있어도 그것을 우리가 일일이 느끼고 사는 것은 아니고, 그것을 포함하는 인간적인 위치에서 살게 되죠. 내 경험으로 볼 때, 정신적인 가치관이 신체적이고 생리적인 부분에 영향을 미치는 것, 그 가능성을 보는 것이 중요한 것 같아요."

"우리가 일상생활을 하다 보면 마음이 편할 때가 있는 반면 스트레스를 받을 때가 있습니다. 흔히 알고 있는 것처럼 스트레스는 건강한 삶에서 멀어지게 하지요. 그래서 현대인들은 어떻게 하면 스트레스를 받지 않을까, 스트레스를 받더라도 어떻게 하면 조금이라도 덜 받을 수 있을까 고민하게 되는 것 같습니다. 그런데 만약 우리 삶에 '원수'라는 개념이 생기면 너무 괴롭지 않겠습니까? 정말 어려운 문제예요. 원수가 생기면 마음이 힘들어지고 결국 몸까지 망칩니다. 정신적인 안정은 깨지고 신체적인 조화가 교란되면서 질병에 이르게 되지요. 대부분의 암이라든가, 특히 심혈관계 질환의 주요 원인을 스트레스로 지적하고 있습니다. 그런데 결코 쉬운 일은 아니겠지만, 예수님의 가르침처럼 원수를 용서한다면 우리는 정신적인 안정과 평안의 상태, 의학적으로는 부교감신경이 우위의 상태로 들어가게 됩니다. 결국 질병에서 멀어지면서 신체적으로도 건강해질 수가 있게 될 거라고 생각합니다."

제 이야기를 가만히 듣던 송촌은 그 특유의 나긋한 목소리로 공감해 주셨습니다. 그러면서 자신의 경험들로 화답해 주셨습니다. 그때 송촌이 제게 해 주신 이야기를 기억에 있는 대로 옮겨 봤습니다.

교수로 활동하던 때 같은 학교 교수들 중 몇몇은 항상 나를 괴롭혔어요. 아마도 질투심이나 시기심 비슷한 것을 품었던 것 같아요. 다른 사람들에게 내 단점을 들면서 험담을 하고, 심지어 학장이나 총장을 찾아가서 내 얘기를 했죠. 내가 가장 많이 전해 들은 얘기가 '김 교수가 대외활동을 너무 많이 해서 학교 일을 소홀히 한다'고 험담했다는 말이에요. 자기도 유명세 좀 타고 싶은데 그게 안 되니 애꿎은 나를 걸고 넘어졌던 거죠.

학장이나 총장이 인격이 높으면 그냥 혼자서 감당하고 마는데, 그렇지 못한 사람은 그 이야기를 내게 전해요. 누가 그랬다고는 말 안하고 "김 교수, 이런 말을 들었어요. 대외활동은 좀 줄이고 학교 일만 열심히 하면 어떻겠어요?" 하는 거죠. 그러면 내가 "네, 그렇게 하겠습니다. 그렇게 말씀하신 분도, 나만큼 성실하게 강의하고 슬기롭기 때문에 그렇게 말했다는 것을 저도 알고 있습니다" 하고 말했어요.

그걸로 일이 끝나면 좋겠는데, 그래도 자꾸 나를 괴롭히고 험담하는 사람들이 있었어요. 그러면 내가 어떻게 생각했을까요? '내가 그 사람들과 마찬가지가 되어서 신경 쓰면 나도 손해고 우리 과도 손해다. 그러니 이성적으로 판단해 받아들여야겠다.' 인격과 수양이 모자란 사람과 더불어 사는 것이 힘들기는 하지만 그 사람들도 나를 받아들일 수 있도록 처신을 해야겠다' 하고 생각했어요. 그렇게 10년, 20년이 지나고 보니 주변 사람들이 내 말을 믿어 주고, 나를 괴롭히던 사람들 말은 듣지 않게 되었어요. 시간이 지나면 다 해결 돼요.

정말 중요한 것 두 가지가 있는데, 첫째는, 내 인격과 인생의 가치관이 높으면 그런 일에는 관심을 안 갖게 된다는 거예요. 그런데 그것이 모자라면 그 사람들과 같은 수준으로 떨어져요. 두 번째는, '대학을 위해서 내가 어떻게 하는 것이 옳은가?' 하고 생각해서 양보할 것은 양보하고, 양보할 수 없는 것은 내가 지켜야 해요. 그것은 내 책임이에요. 그렇게 얼마 살다 보면 문제는 해결이 돼요.

영문과에 선배 교수가 있었는데, 말년에 위암에 걸렸어요. 문병을 갔는데, 이야기를 나누다가 그 선배 교수가 하는 말이 "김 선생을 보면 내가 너무 잘못 살았어. 죄가 참 많아" 하는 거예요. 그래서 내가 "왜 그런 말씀을 하세요? 우리 다 같은 거지" 했더니, 선배 교수가 "나는 사는 동안 싫어하는 사람, 미워하는 사람이 너무 많았어. 그 사람들을 다시 만날 수만 있다면 사과하고 싶어. 이제라도 내가 잘못했다고 이야기하고 싶어" 하고 말한 적이 있어요. 정말 솔직한 이야기였어요.

선배 교수는 또다시 말했어요.

"김 선생은 가만 보면 미워하는 사람이 없을 것 같아."

그래서 내가 그랬어요.

"그렇게 생각하지 마세요. 사람은 다 똑같아요. 다만 다른 것이 있다면 저는 신앙이 있다는 것이에요. 나를 싫어하고 해치려는 사람도 결국은 세상을 떠나겠지요. 그 사람 장례식에 가서 내가 그를 저주할 수 있을까요? '하나님, 제 모든 잘못을 용서하시고 저분을 축복해 주십시오. 그리고 당신 품에 안아 주십시오' 하고 기도할 수밖에 없지 않겠어요? 신앙인이란 그런 기도가 가능하고, 그게 가능하지 않다면 신앙인이라 할 수 없습니다. 다른 것이 있다면 그뿐입니다."

선배 교수는 얼마 있다가 세상을 떠났어요. 이제라도 미워했던 사람들을 만나 사과하고 싶다던 선배 말이 기억에 남아요. 마지막 순간이 오니 그렇게 돼요. 난 교감신경, 부교감신경 같은 것은 몰라도, 과학적인 판단이 생활이나 삶에 들어와 있다고 생각해요. 과학적으로 해결 못 하는 것은 삶으로 해결하는 거죠. 삶이라는 것은 묘해서 과학적으로는 다 표현할 수가 없어요. 그러니 상징적으로 이야기하죠. 성경에 비유와 상징이 많은 이유도 그 때문일 거예요.

예수님 말씀을 받아들이고 보면, 그분은 하나님의 마음에서 모든 것을 보는 분이니 우리와는 차원이 달라요. 그런 분이 우리를 가르쳐야 하는데, 우리가 이해를 못 하니 비유를 들어 가르치신 거지요. 그래서 나는 '인격적인 분으로서의 하나님'도 중요하지만, '우주와 세계와 인류가 생겨나는 위대한 질서의 주체가 되시는 분으로서의 하나님'을 더 중요하게 생각해요. 그분을 믿는 것은 인간이 해야 할 몫이에요. 그것이 깨지면 아무것도 안 돼요.

'건강은 어디서 오는가?' 하고 묻는다면 저는 그 믿음을 가질 수 있을 때 오는 것 같아요. 도스토예프스키의 《카라마조프 가의 형제들》에서 큰아들이 법정에서 하는 말이 있어요. "내가 아버지를 죽이지 않은 것은 확실한 사실이다. 그런데도 불구하고 배심원이나 판사가 내가 아버지를 죽였다는 판결을 내리면, 난 다른 것은 아무것도 두렵지 않으나 내가 하나님을 믿지 못하게 될까 봐 두렵다." 신심(信心)을 버리면 사람이 살 수가 없어요. 그러나 신앙을 가질 때 인간은 가장 존엄성 있는 삶을 살 수 있어요.

지금까지 살면서 '후회한다', '실패했다'고 느낀 것은 대체로 욕심을 가졌을 때였어요. 이건 과학적으로 설명하기는 어려워요. 어쨌든 재정적인 욕심이라든지 명예욕을 가졌을 때예요. 그러고 보면 사람이 마지막까지 버리지 못하는 것이 명예욕이에요. 요즘 혼자 생각에 '대중들의 나에 대한 관심이 많아지는데, 이름이 알려질수록 스스로를 위하는 생

각은 버려야겠다. 나 좀 봐라, 내가 이렇게 나이가 많다 하
는 생각을 버려야겠다'고 생각해요.

내가 생각하기에 교감신경, 부교감신경과 관련된 이야기는
과학적이지만, 크게 볼 때 건강한 삶은 그것으로 시작된 것
은 아니고, 그것이 삶에서 영향을 받은 것이에요. 삶의 가치
관이 더 크죠. 과학과 철학이 다른 것은, 과학은 사실을 밝
히고 철학은 그 의미를 밝혀요. 그런데 종교는 그 의미를 더
초월해요. 인간학적인 건강이 신체적인 건강을 포함하는
것 같아요.

《의학입문》은 "《주역》을 공부한 뒤에야 의도를 말할 수
있다. 획(畫)을 공부하는 것도, 효(爻)를 공부하는 것도 아니
다. 그것을 시험해 보자. 마음(心)이 획으로 인한 것인가? 효
로 인한 것인가? …… 책의 첫 머리에 둥글게 그려서 글자
를 알지 못하는 사람에게 편리하게 하고, 책을 열면 마음이
경건해지고, 지극히 간단하고 쉬워서, 이 그림을 보고 즐기
다 보면 다다름이 있을 뿐이다"라고 한의사를 가르칩니다.
이것이 송촌에게는 '인격적인 하나님'과의 만남이었습니다.
송촌은 "우주와 세계와 인류가 생겨나는 위대한 질서의 주
체가 되는 분을 믿는 것이 인간학적인 건강을 가져오며, 신
체적인 건강을 포함하지 않겠는가?"라고 제안하십니다. 그

믿음은 교감신경, 부교감신경과 같은 과학적인 영역을 넘어섭니다. 《주역》을 읽고, 선천도를 보는 것이 연역적인 접근이라면, 송촌이 하신 제안은 귀납적이면서도 듣고 이해하기도 훨씬 편하고 따라하기도 쉬워 보입니다.

장수의 비밀은
양생법에 있습니다

지난 100년 동안 송촌은 잊지 못할, 그리고 삶을 뒤흔드는 역사를 경험했습니다. 이 시간의 기록은 그분만의 위대한 역량과 정열을 증언합니다. '최선의 건강은 최고의 수양과 인격의 산물'이며, 실지로 건강은 주어지는 것보다 만들어 가는 것인 듯합니다. 남들이 오래 살기를 빌어 주는 인생이야말로 참 귀한 것입니다. 하지만 내가 오래 살기를 욕심내는 것은 지혜로운 자세가 아닐 것입니다.

송촌을 만나 온 오랜 시간 동안 제 뇌리를 떠나지 않는 생각들이 있습니다. '송촌은 100년을 어떻게 그렇게도 건강하게 지내 오실 수 있었을까? 다른 사람들은 초라하게 늙어 가는데, 무엇이 한 사람을 100년 동안 성장하고 성숙할 수 있게 했나? 유전자의 혜택 때문인가? 단지 다른 사람보다 자신을 더 잘 돌볼 수 있는 직업이었나? 청춘의 샘의 비밀 열쇠를 지니셨나? 아니면 그냥 운이 좋으셨나? 어떻게 매일 매일을 행복하게 사셨나? 살면서 겪은 틀림없이 충격이었을 감정적인 사건들은 어떻게 이겨 내셨는가? 그리고 어떻게 하면 우리도 좀 더 송촌처럼 할 수 있을까?'

우선은 한의학 최고(最古)의 고전《황제내경》(黃帝內經)에서 장수와 관련된 실마리를 찾아보려고 합니다.《황제내경》은 2천 년 이전의 기록으로 알려져 있습니다.《소문》(素問), 《영추》(靈樞) 두 권으로 이루어져 있으며, 각각 81편으로 구성됩니다. 그중《소문》제1편은 '상고천진론'(上古天眞論)으로 시작합니다. '먼 옛날 하늘의 참 이야기' 정도로 해석해 보면 어떨까요? 그중 장수와 관련한 대목을 소개합니다.

황제(黃帝: 복희씨, 신농씨와 더불어 삼황이라고 불림)가 기백(岐伯)
에게 물었다.

"제가 알기에 옛날 사람들은 나이가 120세가 되어서도 행동하는 데 건강했다는데, 지금 사람들은 60세만 되어도 행동이 모두 쇠약해집니다. 이것은 어떤 이유 때문입니까? 하늘의 이치가 바뀐 것입니까? 아니면 사람들이 스스로 그렇게 만든 것입니까?"

기백이 대답했다.

"옛날 사람들은 모두 양생(養生)의 방법을 알았던 사람들입니다. 그들의 모든 행동은 대자연의 변화하는 규율을 법칙으로 삼았고, 시간과 장소에 따라서 그 변화에 적응했습니다. 그들은 자신의 모든 일상생활을 정기(精氣)를 조절하고 기르는 방법에 조화시켰습니다. 그것은 그들이 양생 방법을 잘 파악하고 운용했기 때문입니다. 그래서 그들의 일상생활이나 행동에는 모두 일정한 규율이 있었습니다. 예를 들어 음식은 정해진 양이 있었고, 일어나서 일하고 잠드는 모든 생활에는 정해진 시간이 있었으며, 과도한 노동은 하지 않았습니다. 이렇게 생활하던 그들은 외형과 정신이 모두 충실해서 120세까지 살고 나서야 죽음을 맞았던 것입니다.

그런데 지금 사람들은 그렇지 못합니다. 그들은 양생 방법으로 자신을 단련하기는커녕, 도리어 양생과 등지고 달리기만 합니다. 예를 들면 술 좋아하는 것이 끝이 없고, 욕망에 절제를 모릅니다. 또한 망령된 행동을 하면서 정신을 온통 손상시키기만 합니다. 일어나 일하고 잠드는 것, 음식을 먹는 것에도 일정한 규칙이 없습니다. 선천적으로 타고난 생명력을 조심조심 보호하지 않고 제 마음대로 자신의 정신을 헛되이 쓰면서 욕망에 따라 마음을 움직이니 양생의 즐거움을 모릅니다. 바로 이와 같으니 60이 되어서 병들어

쇠약해지고 늙는 결과를 얻는 것입니다.

옛날 성인(聖人)이 사람들을 가르치기를 '감염성 질병의 원인이 되는 허사적풍(虛邪賊風)을 피하여 질병을 예방하고, 마음을 안정시켜 망령된 생각을 하지 않음으로써 진기(眞氣)가 몸 안에서 조화되고 정신이 소모되지 않게 하면 어떻게 질병이 발생할 수 있겠는가?'라고 하였습니다. 옛날 사람들은 정신을 편안히 하여 욕심을 없애고 마음이 안정되어 두려움이 없었으며, 육체적인 노동을 하더라도 무리를 하지 않으니, 진기가 조화되어 각자가 원하는 대로 모두 만족을 얻을 수 있었습니다. 그러므로 먹는 음식은 모두 감미롭고, 가지고 있는 의복으로 부족함을 느끼지 않으며, 각자의 환경에 만족하여 즐거움을 느꼈습니다. 사람들은 신분이 높고 낮음을 막론하고 서로 그 지위와 생활을 부러워하거나 시기하는 마음이 없기 때문에 자연적으로 순박해질 수 있었습니다.

향락이 그들의 눈과 귀를 어지럽힐 수 없었고, 음란하고 사악한 말로 그 심지를 현혹할 수 없었으며, 우매한 사람이거나 총명한 사람이거나, 어진 사람이거나 그렇지 못한 사람이거나를 막론하고 모두 사물에 대해 흔들림이나 두려움이 없었으니, 이것이 바로 양생의 도에 부합하는 것입니다. 그들이 120세까지 살면서도 동작에 노쇠 현상이 나타나지 않았던 것은, 바로 배운 것을 온전히 하여 위태롭지 않았기 때문입니다."

《황제내경》에 등장하는 이 이야기에 따르면, 인간은 양생 방법을 지키면 120세까지 살 수 있다고 합니다. 그리고 그 방법을 간략하게 정리하자면 다음과 같습니다.

첫째, 전염병을 피한다.
둘째, 음식은 정한 양만큼만 섭취한다.
셋째, 시간을 정해 그에 따라 생활한다.
넷째, 과도한 노동을 하지 않는다.
다섯째, 과음하지 않는다.
여섯째, 욕심이나 두려움을 갖지 않는다.
일곱째, 스스로에 만족하고 즐겁게 생활한다.
여덟째, 부러워하거나 시기하지 않는다.
아홉째, 향락, 음란, 사악함에 흔들리지 않는다.
열째, 순박함을 잃지 않는다.

이렇게 하면 외형과 정신이 모두 충실해서 120세까지 살고 나서야 죽게 된다고 합니다. 이 양생법 중 앞의 다섯 가지는 외형에 관한 것이고, 대체로 지키기 쉬워 보입니다. 뒤

김형석 교수의 백세 건강

의 다섯 가지는 정신에 관한 것으로 노력을 필요로 하는 내용으로 보입니다.

건강과 음식의 관계는 필수적입니다. 건강한 음식을 이야기할 때 오색(五色) 오미(五味)라는 말을 합니다. 오색은 파란색, 빨간색, 노란색, 흰색, 검은색으로 다섯 가지 색을 띄는 음식입니다. 오미는 신맛, 쓴맛, 단맛, 매운맛, 짠맛으로 다섯 가지 맛이 나는 음식입니다. 한의학에서는 이 오색과 오미를 골고루 섭취해야 질병이 발생하지 않는다고 말합니다. 예를 들어 검은콩은 신장 건강에 도움이 되는데, 그렇다고 이 검은콩만 많이 먹는 것은 오히려 독이 될 수 있습니다. 건강을 위해서는 오색의 다양한 음식을 적당한 양으로 섭취하는 것이 최선입니다. 이밖에도 음식과 관련해서 다섯 가지 기운, 다섯 가지 냄새, 다섯 가지 곡물, 다섯 가지 가축, 다섯 가지 과일, 다섯 가지 채소가 있습니다. 이것을 외우고 때마다 양을 맞춰 챙겨 먹는 것은 쉽지 않습니다. 그래서 저는 환자들에게 간단히 "음식을 골고루 드세요" 하고 권합니다. 이렇게 하면 최소한 음식 때문에 몸에 해가 될 일은 없습니다.

송촌과 식사를 할 때마다 보고 느끼게 되는 것이 있습니다. 그분은 음식을 골고루 드시고 과식하시지 않습니다. 새로운 방식으로 조리된 요리가 있으면 한 번은 시식해 보십니다. 그리고 함께하는 사람들과 재미있는 이야기를 나누면서 참 맛있게 드십니다. 뷔페에 가면 한 접시에 음식을 조금씩 골고루 담아 오십니다. 가져온 음식을 천천히 음미하며 다 드시고 나면 또 다른 음식을 조금씩 골고루 담아 오십니다. 그렇게 조금씩 여러 번 음식을 가져와 드십니다. 그러면서 "내가 자꾸 음식을 날라다 먹으니까 많이 먹는 줄 아는데, 같이 먹는 사람 중에 제일 적게 먹어요" 하고 웃으시던 모습이 기억납니다. 일반 식당에서 식사를 하실 때는 상 위 나란히 놓인 반찬 접시에 빼 놓지 않고 한 번씩은 젓가락질을 하십니다. '음식은 골고루 먹어야 약이 된다'는 가르침이 생활에 배어 있으신 듯합니다.

송촌과 북경 오리를 요리해 주는 식당에 가곤 합니다. 그때마다 다른 사람에게서는 볼 수 없는 그분만의 즐거운 모습이 있습니다. 주방장이 칼로 오리 껍질을 발라 주는데, 송촌이 침을 '꿀꺽' 하고 삼키시는 것입니다. 그리고 감사 기도를 하고는 처음 잡숫는 음식처럼 맛있게 드십니다. 마치 어린 아이와 같은 기대와 감동으로 음식을 대하십니다. 이런 점들이 지금까지도 그렇게 건강을 유지하시는 비결이 아닌가 생각합니다.

아름답고 선한 삶을 사는 사람이
건강합니다

건강은 신체적으로나 정신적으로 균형을 이루어야 합니다. 이것은 곧 음양의 조화를 이루어야 한다는 말입니다. 신체적으로 건강하다고 말하기 위해서는 우선 병이 없어야 합니다. 그리고 강인한 체력이 있어서 어떤 일이라도 해낼 수 있어야 합니다. 보통 강인한 체력을 말하면 근육의 힘을 생각합니다. 근력은 크게 순발력, 지구력, 탄력으로 구분할 수 있습니다. 나이가 들면서 근력은 점점 떨어집니다. 가장 먼저 영향을 받는 것은 순발력입니다. 순간적으로 힘을 내는 행위는 근육에 쉽게 무리를 줍니다. 그런데 나이가 들어도 지구력과 탄력은 스스로의 노력, 즉 운동을 통해 유지할 수 있습니다.

정신적으로도 건강하다고 말하려면 먼저 질환이 없어야 합니다. 또한 강한 정신력을 갖추어야 합니다. 그리고 무슨 일이든지 할 수 있다는 자신감을 가져야 합니다. 강인한 정신력은 기억력, 이해력, 사고력으로 구분할 수 있습니다. 정신력도 나이가 들면서 점점 떨어집니다. 가장 먼저 영향을 받는 것이 기억력입니다. 순간적으로 많은 양을 암기하는 일이 무리가 될 수 있습니다. 그런데 나이가 들어도 이해력과 사고력은 스스로의 노력으로 유지할 수 있습니다. 가장 좋은 방법으로는 독서를 꼽습니다.

이렇게 인간에게는 독서와 운동을 통한 정신과 육체의 균형 잡힌 성장과 발전이 필요합니다. 정신적인 일을 하는 사람은 신체적인 운동을 통해 정신을 재충전하고, 육체적인 노동을 하는 사람은 정신적인 독서를 통해 육체를 재충전해야 합니다. 독서와 운동을 통한 음양의 조화를 이루어야 합니다.

송촌이 독서와 운동을 꾸준히 하신다는 사실은 잘 알려져 있습니다. 운동을 위한 운동이 의미가 없는 것처럼 독서를 위한 독서는 의미가 없습니다. 송촌은 건강의 표준으로 주어진 일과 원하는 일을 할 수 있다는 데 뜻을 두고 있습니다. 독서, 운동, 건강은 모두 삶을 위한 것입니다. 그것도 아름답고 선한 삶을 위한 것입니다. 그러한 삶을 《황제내경》

의 '먼 옛날 하늘의 참 이야기'에서는 '순박하다'고 표현했습니다. 송촌이 강연 중에 이 '순박'을 넘어서는 사랑의 이야기를 해 주신 적이 있습니다. 송촌의 마음 양생법 한 가지를 소개합니다.

아름답고 선한 삶은 사랑이 전부입니다. 하나님은 사랑이시기 때문에 우리 모두가 그 사랑 안에 머물면 하나님의 자녀가 되고, 사랑을 떠나면 하나님의 자녀가 될 수 없습니다. 사랑이 없는 곳, 그곳은 기독교도 없고 믿음도 없습니다. 아무리 좋은 믿음을 가졌다고 말해도 사랑이 없다면 그것은 믿음이 아닙니다. 그것은 신앙인의 자격을 상실한 것입니다. 기독교는 참다운 사랑이 하나님과 더불어 우리에게 있기 때문에 존재하는 것입니다.

이웃을 미워하는 사람, 이웃을 증오하는 사람, 시기하고 질투하는 사람, 욕심으로 이웃을 대하는 사람, 이기적인 생각을 가지고 예수님을 대하는 사람들은 신앙인이 될 자격이 없습니다. 미움과 증오를 가지고 이웃을 대하는 사람은 사랑할 자격도, 신앙인이 될 자격도 없습니다. 신앙인이라면 이웃과 더불어 살아야 합니다.

또한 신앙인은 화를 내지 않아야 합니다. 참지 못하는 사람, 인내심이 없는 사람은 신앙인이 될 수가 없습니다. 다시 말하면 아름다운 감정을 가지는 것이 사랑의 길이고 신앙인의 길입니다. 화를 내는 사람은 신앙인답지 못합니다.

남을 욕하는 사람, 비방하는 사람은 원수를 맺게 될 뿐 사랑하지 않기 때문에 신앙인이 아닙니다. 욕하기 좋아하는 사람은 신앙인이 아닙니다. 자기는 잘 믿는다고 생각해도 그런 사람은 신앙인이 아닙니다. 이런 사람들에게는 사랑이 없기 때문에 신앙인이 될 수 없습니다. 아무리 믿는다고 말하더라도, 목사가 되고 장로가 되고 신앙인이라고 자랑을 하더라도 이런 사람들은 사랑하지 않기 때문에 믿음도 거짓말입니다.

모든 사람은 다 장점이 있습니다. 공자는 세 사람이 있으면 반드시 나의 스승이 있다고 했는데, 살아 보면 두 사람이 있어도 그렇습니다. 사람은 남들이 뭐라고 말해도 사귀어 보면 누구에게나 장점이 있습니다. 그 장점을 칭찬하고 배워야 합니다. 그렇기 때문에 타인이 누구건 욕하는 사람은 신앙인의 자격이 없습니다.

원수 갚는 사람들, 보복하는 사람들은 신앙인이 될 자격이 없습니다. 보복한다는 것은 과거를 해결하기 위해서 미래를 버리는 것입니다. 일본은 전통적으로 원수 갚는 것을 미덕이라고 여겼습니다. 아버지가 아들에게 원수를 갚아 달라고 유언하기도 했습니다. 우리나라도 조선왕조를 보면

은혜를 갚겠다고 끼리끼리 어울리고 원수 갚겠다고 잡아 죽이다가 역사가 다 무너졌습니다. 정말 비극입니다. 그렇게 하지 말아야 합니다. 보복하지 말아야 합니다.

성경에는 '맹세하지 말라'는 가르침이 있습니다. 종교인들이 특별히 맹세를 많이 하는데, 절대적인 것도, 불변하는 것도 없습니다. 맹세하는 사람은 반드시 교만해집니다. 교만해지는 사람은 다른 사람을 사랑하지 못합니다.

또 어떤 사람이 사랑이 없습니까? 남을 심판하고 저울질하는 사람입니다. 그런 사람에게 예수님은 "자기 눈에 들보가 있는데, 그 들보를 빼지 않고 다른 사람 눈에 든 티를 뺄 수 있겠는가?", "맹인이 어떻게 맹인을 이끌어 갈 수 있겠는가?" 하고 말씀하십니다. 그러니 "절대로 남을 심판하지 말라"고 하십니다.

인간은 누구나 성장하는 과정에 있습니다. 완성된 인간은 없습니다. 오늘도 자라고 내일도 자랍니다. 성장하는 것이 인간의 길입니다. 우리는 다 성장하는 과정에 있다는 것을 인정해야 합니다. 그런데 많은 사람이 자신은 다 갖춘 사람인 줄 착각합니다. 자신은 누군가를 심판할 자격이 있다고 생각합니다. 대단히 큰 잘못입니다. 누구나 장점이 있으면 단점도 있게 마련입니다.

심판하기 가장 좋아하는 사람들이 종교인입니다. '파문'이

라는 말은 종교에서 나왔습니다. 마틴 루터는 1521년 가톨
릭에서 파문당했습니다. 톨스토이도 러시아정교회로부터
파문당했습니다. 그러나 종교재판은 잘못된 것입니다. 성
경은 '남을 심판하지 말라'고 가르칩니다. 가톨릭은 루터를
파문했지만 루터에게 진 셈입니다. 러시아정교회는 톨스토
이를 파문했지만 이후 더 많은 사람이 톨스토이를 따랐습
니다.

사랑을 거절하는 사람은 위선자입니다. 선을 악으로 바꾸
는 사람들입니다. 이런 사람들은 남에게 자랑하기 위해서
기도를 합니다. 기도는 하나님께 드리는 것인데, 기도를 많
이 하는 것을 가지고 내가 더 믿음이 좋다고 말합니다. 그
당시에는 이런 일들이 얼마든지 있었습니다. 자선사업도
위선적으로 했습니다. 예수님은 이런 위선적인 사람을 가
리켜 "양의 탈을 쓴 이리와 마찬가지다" 하시면서 제자들
에게 "너희는 절대로 그렇게 하지 말아라" 하고 당부하십
니다.

가장 나쁜 사람이 있습니다. 다른 사람을 이용하는 사람입
니다. 그들은 인간의 가치를 금전으로 환산합니다. 인간의
가치를 법 아래에 놓습니다. 이런 사람들은 수단 방법을 가
리지 않고 인간과 인격을 상품화합니다. 절대로 그런 일은
하지 말아야 합니다. 이런 사람들은 기독교 사랑과 반대됩

니다. 결코 신앙인이라 할 수 없습니다.

예수님은 당시 제사장, 서기관, 율법학자, 바리새파 사람들을 책망하십니다. 이 제사장에게 해당하는 사람이 오늘의 신부와 목사입니다. 서기관에게 해당하는 사람이 신학자들입니다. 바리새파 사람들이 내 신앙이 제일 올바르다고 주장하는 사람들입니다. 이런 사람들은 이웃을 사랑하지 않았기 때문에 신앙인이 될 자격이 없다고 보는 것입니다.

사랑이 있는 곳에 신앙인의 위치가 있습니다. 사랑이 없는 곳에 신앙인은 존재할 수 없습니다. 만약 내가 예수를 믿다가 하나님의 존재를 의심하더라도 사랑 속에서 하나님과 다시 하나가 될 수 있습니다. 그러나 내가 신학을 연구하고 하나님을 얘기하더라도 사랑을 거부하고 살면 그 속에는 하나님의 뜻, 하나님의 사랑은 없습니다. 그리고 이런 사람들이 모인 집단이 우리 교회가 되어서는 안 되겠습니다.

우리는 사랑을 위해서 무엇을 어떻게 할 수 있을까요? 좀 어렵지만 한 가지 방법이 있습니다. 알베르트 슈바이처의 선택입니다. 그는 젊어서 교수, 즉 학자가 됐습니다. 나중에는 목사가 됐습니다. 또 파이프 오르간 연주로 유명한 음악가가 됐습니다. 마지막으로 의사가 됐습니다. 그 당시 독일이라고 하는 지성 사회에서 각 분야의 높은 자리에 올랐습니다. 그는 스스로 "다른 사람들이 평생에 걸쳐서 얻고 싶어 하는 것을 나는 이미 다 얻었다"고 했습니다. 그런데도 슈바이처는 서른 살이 되면서 그것들을 다 버리고 아프리카로 갔습니다. 그 이유는 주는 사랑, 섬기는 생활, 예수님의 사랑을 나누는 것을 가장 소중히 여겼기 때문입니다.

교회에 다니는 사람이 귀한 것이 아닙니다. 선하고 아름다운 인간관계를 유지하는 것이 귀한 것입니다. 선하고 아름다운 인간관계는 우리에게 주어지는 절대 조건입니다. 이 것은 사랑의 가능성이 바로 거기에 있기 때문에 그렇습니다. 예를 들어 교회 다니는 사람과 안 다니는 사람이 있습니다. 그런데 교회 다니는 사람이 선하고 아름다운 인간관계는커녕 서로 욕하고 헐뜯습니다. 심지어 교회의 책임을 맡았다는 이유로 사회의 위정자나 여러 믿지 않는 사람을 무시하고 비난합니다. 반대로 교회 다니지 않는 사람이 서로 이해하고 대화하고 선하고 아름다운 인간관계를 가집니다. 믿든 믿지 않든 사람을 존중하고 인격적으로 대합니다. 과연 누가 더 신앙인다운 생활을 한다고 할 수 있겠습니까? 교회 다니면서 인간관계를 깨뜨리는 사람보다 선하고 아름다운 인간관계를 가진 사람이 낫습니다. 선하고 아름다운 인간관계는 그 무엇보다 앞서야 합니다.

이 강연 내용에서 알 수 있듯이, 송촌은 사랑할 줄 아는 사람을 최고의 인간으로 보았습니다.

사랑할 줄 아는 마음이 건강한 마음이고, 그러한 마음이 건강한 몸으로 이어집니다. 인류애의 표본이라 할 수 있는 슈바이처가 90세를 산 것이 그 증거라 할 수 있습니다.

사계절에 담긴 음양의 조화가
인생에도 필요합니다

　한의학은 인간을 건강한 상태와 그렇지 못한 상태의 양 측면에서 연구하는 인간 과학입니다. 학문을 통한 진료, 진료를 통한 질병의 치료, 그리고 치료를 통한 인간의 완성이라는 의학, 의술, 의도의 3요소를 모두 갖춘 학문입니다.《황제내경》은 그중에서도 의도를 가장 중요시합니다. 단지 신체적, 정신적 질병의 치료만을 제시하지 않습니다. 그래서《황제내경》은 한의학을 공부하는 사람들에게 있어서는 바이블과도 같습니다. 마치 '이윤을 많이 남기는 것이 상술(商術)이고, 사람을 많이 남기는 것이 상도(商道)'인 것처럼, 질병을 치료하는 것이 의술이라면, 사람을 치료하는 것은 의도입니다.

《황제내경》의 하나인《소문》 중 '사기조신대론'(四氣調神大論) 편에 보면 이와 관련한 내용이 나옵니다. 편명을 '4계절의 정신 조절 중요 이야기' 정도로 해석해 볼 수 있을 듯합니다.

봄철 3개월을 발진(發陳)이라고 한다. 만물이 소생하고 발육하는 시기로서 자연계에 새로운 기가 충만해지고 만물이 자라난다. 이 계절에는 저녁 늦게 잠자리에 들고 아침 일찍 일어나서 정원을 산보하며, 옷을 느슨하게 입고 머리를 풀어 늘어뜨리며 신체를 편안하게 함으로서 의지(意志)가 자라게 하여 봄기운과 서로 조화를 이루도록 해야 한다. 기르되 죽이지 말고 주되 빼앗지 말며 상을 주되 벌하지 않음으로 봄철의 일으키고 살리는 기운에 적응한다. 이것은 봄철의 기운에 따르는 양생의 도이다.
여름철 3개월을 번수(蕃秀)라 한다. 천지의 기가 끊임없이 교류하는 시기로서 모든 식물이 꽃을 피우고 열매를 맺는다. 이 계절에는 저녁 늦게 잠자리에 들고 아침 일찍 일어나며 해가 길고 무더운 것을 싫어하지 말아야 한다. 만물이 꽃을 피우고 아름답게 성장하는 것처럼 화를 내는 일이 없게 하고 마음을 기쁨으로 가득하게 하며 기를 통하게 하여 외계에 적응한다. 이것은 여름철의 기운에 따르는 양장(養長)의 도이다.

가을철 3개월을 용평(容平)이라고 한다. 모든 식물의 성장이 평정을 이루는 시기로서 가을 찬바람이 점점 다가오므로 천기(天氣)는 빠르게 움직이고 지기(地氣)는 맑아진다. 이 계절에는 일찍 잠자리에 들고 아침 일찍 일어나며, 정신을 안정시켜서 가을철의 숙살(肅殺)하는 기운을 피한다. 신기(神氣)를 거두어서 가을철의 기후와 조화를 이루어 의지를 외부 환경에 두지 않고, 폐기(肺氣)를 맑게 해야 한다. 이것은 가을철의 기운에 따르는 양수(養收)의 도이다.

겨울철 3개월을 폐장(閉臟)이라고 한다. 물이 얼고 땅이 갈라지는 시기로서 실내를 따뜻하게 하고 옷을 두껍게 입어 한기가 몸을 침범하지 않게 해야 한다. 이 계절에는 저녁 일찍 잠자리에 들며 아침 태양이 비칠 때를 기다려서 늦게 일어나고, 의지를 마음속에 지켜서 귀중한 것을 숨기듯 밖으로 드러내서는 안 된다. 동시에 한사(寒邪)의 침입을 막고 따뜻함을 유지해야 하는데, 그렇다고 하여 지나치게 따뜻하게 해서 땀을 흘리면 안 된다. 이것은 겨울철의 기운에 따르는 양장(養臟)의 도이다.

만물이 봄에 나고 여름에 자라고 가을에 거두고 겨울에 저장하는 것은 사시음양(四時陰陽)의 변화 규칙이 일으키는 것이다. 그래서 사시음양을 만물이 생장하는 근본이라고 한다. 성인(聖人)은 이런 규칙에 따라서 양의 계절인 봄과 여름에는 양을 기르고, 음의 계절인 가을과 겨울에는 음을 기른다. 이렇게 근본을 잘 따르면서 양생의 도를 지켜 만물이 나고 자라고 거두고 저장하는 규칙과 하나가 된다. 이를 거스르면 변화의 규칙을 어기는 것이니 생명의 뿌리를 자르는 것과 같아 생명력을 손상시키게 된다. 그래서 사시음양의 변화를 만물 성장의 끝과 시작이라고 하며, 사람이 죽고 사는 것의 뿌리라고 한다. 만약 음양의 도를 위반하면 질병이 무리지어 일어나지만, 순응하면 위중한 병이 생기지 않는다. 이렇게 하면 양생의 도를 얻었다고 할 수 있다. 실행에 있어서는 성인은 순응하며, 어리석은 사람들을 오히려 거슬러 갈 뿐이다. 요약하자면 음양의 도를 따르면 살고, 거스르면 죽는다. 음양의 도를 따르면 치료할 수 있고, 거스르면 치료가 어려워진다.

그러므로 뛰어난 의사는 질병이 생긴 후에 치료하지 않고, 질병이 생기기 전에 치료한다. 어지러워진 후에 다스리지 않고, 어지러워지기 전에 다스린다. 질병이 이미 자리를 잡은 후에 약을 쓰는 것과, 이미 혼란스러운 상태에서 다스리는 것은, 마치 목이 마른 뒤에 우물을 파는 것과 같고, 전쟁이 일어났는데 그때에서야 무기를 만드는 것과 같다. 어찌 늦지 않았겠는가?

'4계절의 정신 조절 중요 이야기'에 따르면 계절의 변화에 따라 자고 일어나는 시간을 지키는 것만으로도 신체적인 질병을 막을 수 있습니다. 또한 '4계절의 정신 조절 중요 이야기'는 사계절의 변화에 따라 사람들이 어떤 마음으로 정신을 수양해야 하는가를 포괄적으로 보여 줍니다.

봄철 3개월인 발진은 '펼쳐져 나간다'는 의미입니다. 봄은 따뜻한 기운과 더불어 시작합니다. 봄이 되면 움이 트고 꽃이 핍니다. 파란 싹들이 죽은 것과 같았던 가지에서 펼쳐져 나옵니다. 펼쳐져 나가는 것은 생명의 기운입니다. 살리고 줘야 봄입니다. 죽이고 거두면 가을입니다. 이런 봄에게서는 무엇을 배워야 할까요? '기르되 죽이지 말고, 주되 빼앗지 말며, 상을 주되 벌하지 말아야' 봄입니다. 봄을 배우고 인생의 봄에 창조하는 사람은 영원한 생명의 찬가를 부를 수 있습니다.

여름철 3개월인 번수는 '잎이 우거지고 꽃이 핀다'는 의미입니다. 여름은 땅에서 하늘까지 생명의 기운이 차고 넘치는 때입니다. 봄이 생명의 출발이고 가을이 결실의 계절이라면, 여름은 삶이 차고 넘치는 계절입니다. 이런 여름에게는 무엇을 배워야 할까요? 바로 의욕과 정열과 희열입니다. 여름을 배우고 인생의 여름에 창조적인 정열을 가진 사람은 가을의 열매를 기대할 수 있을 것입니다.

가을철 3개월인 용평은 '골고루 거둬들인다'는 의미입니다. 거둘 것이 있어야 가을입니다. 무엇을 거둬들여야 할까요? 알찬 열매, 생명의 열매입니다. 껍질만 있고 알맹이가 없는 쭉정이는 버려야 합니다. 봄의 창조와 여름의 의욕과 정열과 희열은 가을의 결실을 위해서입니다. 가을을 배우고 인생의 가을을 맞은 사람은 진리와 사랑의 열매를 거둘 수 있을 것입니다. 세례 요한은 "그분은 손에 키를 드시고 타작마당의 곡식을 깨끗이 가려 알곡은 모아 곳간에 들이시고 쭉정이는 꺼지지 않는 불에 태우실 것이다"(마 3:12)라고 했습니다. 알곡과 쭉정이가 갈리는 때가 가을입니다. 알곡이 되는 마음은 진리입니다. 겉으로 드러나는 모습이 아무리 화려하더라도, 그 화려함이 진실을 뜻하지는 않습니다. 공자는 "교묘한 말재주와 겉으로 꾸민 얼굴빛은 인(仁)이 거의 없다"고 했습니다.

겨울철 3개월인 폐장은 '거둔 것을 간직한다'는 의미입니다. 무엇을 간직합니까? 알찬 것 중에 알찬 열매의 씨앗입니다. 믿음과 희망과 사랑의 열매를 거뒀다면, 가장 알찬 것은 사랑의 열매입니다. 이런 겨울에게 우리는 간직함을 배워야 합니다. '농부는 굶어 죽어도 씨앗을 베고 눕는다'고 합니다. 지금은 믿음과 희망과 사랑의 열매를 충분히 거두지 못했을지라도, 아직 씨앗이 남아 있습니다. 이 씨앗은 목숨과도 바꿀 수 없습니다. 공자는 "아침에 진리를 깨달으면 저녁에 죽어도 좋다"고 했습니다. 작은 깨달음을 농부의 목숨과도 같은 씨앗으로 간직하면 새봄을 기약할 수 있습니다. 그래서 새봄에는 "…… 밀알 하나가 땅에 떨어져 죽지 않으면 한 알 그대로 남아 있고 죽으면 많은 열매를 맺는다"(요 12:24)는 말씀을 이룰 수 있습니다.

'4계절의 정신 조절 중요 이야기'에서 말하는 "사시음양의 변화를 만물 성장의 끝과 시작이라고 하며, 사람이 죽고 사는 것의 뿌리라고 한다"는 표현은 얼핏 보면 상당한 과장이 아닌가 생각할 수 있습니다. "양의 계절인 봄과 여름에는 양을 기르고, 음의 계절인 가을과 겨울에는 음을 기른다"는 내용은 '너무 편협하지 않은가?'라는 생각까지 들게 합니다. 그러나 다른 각도에서 접근해 봅시다.

우리는 봄 같은 사람 또는 가을 같은 사람을 만납니다. 여름 같은 사람과 겨울 같은 사람도 봅니다. 예를 들어 봄 같은 사람은 유순하고 부드럽고 온화하여 함께하면 편안합니다. 그러나 이런 사람의 단점도 있습니다. 만약 내가 봄 같은 사람이라면 어떻게 해야 할까요? 가을을 보고 배워야 합니다. 맺을 것, 끊을 것을 구분해야 하고, 옳은 것, 그른 것을 알아야 합니다. 그렇게 자신의 부족을 채워 가야 합니다. 몸을 위해서든 마음을 위해서든 필요한 과정입니다.

여름 같은 사람은 겉이 화려합니다. 말을 잘하고 친구가 많습니다. 내가 여름 같은 사람이라면 어떻게 해야 할까요? 겨울을 보고 배워야 합니다. 화려한 겉모습만큼 마음도 가꿔야 합니다. 잘하는 말처럼 행동이 따라야 합니다. 그 많은 친구가 나를 친구로 생각하는지 살펴야 합니다.

가을 같은 사람 혹은 겨울 같은 사람도 같은 방법으로 생각해 볼 수 있습니다. 이 논리는 사람에만 국한된 것이 아닙니다. 만물에 적용할 수 있습니다. 이렇게 생각해 본다면 "사시음양의 변화를 만물 성장의 끝과 시작이라고 하며 사람이 죽고 사는 것의 뿌리라고 한다"는 표현은 결코 과장만은 아닙니다. 봄에게서 봄을 배우고 가을을 볼 수 있다면, 여름에게서 여름을 배우고 겨울을 볼 수 있다면, 그리고 가을과 봄 사이에는 겨울이 있음을 알고, 봄과 가을 사이에는 여름이 있음을 알 수 있다면, 우리는 음양의 조화와 함께 정신과 신체의 건강을 이룰 수 있을 것입니다.

한의학은 병이 생긴 다음에 치료하는 것보다는, 병이 생기기 전에 예방하는 것을 우선으로 생각합니다. 하지만 진료실에서 만나는 환자들은 예방은 커녕 대부분 '이 정도쯤이야' 하거나 또는 '몰라서' 병을 키웁니다.

예를 들어 이런 것입니다. 한번은 키 큰 아가씨가 하이힐을 신고 뛰어다니는 것을 보았습니다. 한의사의 입장에서 아슬아슬해 보였습니다. 하이힐을 신으면 첫째, 발목 관절에 손상이 오기 쉽습니다. 둘째, 종아리에 쥐가 나기 쉽습니다. 셋째, 허리를 다칠 수 있습니다. 만약 하이힐을 어쩌다 한 번 신는 사람이라면 '이 정도쯤이야' 하고 크게 문제 삼지 않을 수 있습니다. 그런데 하이힐을 즐겨 신거나, 직업상의 이유로 하이힐을 신어야 하는 생활이 계속된다면 문제가 달라집니다. 무지외반증이라는 질병으로 이어질 수 있기 때문입니다. 무지외반증은 엄지발가락이 두 번째 발가락 쪽으로 휘면서 엄지발가락 관절이 튀어나오고 통증이 생깁니다. 그러면서 골반이 틀어집니다. '이 정도쯤이야'로 시작한 일입니다. 진료를 하다 보면 이런 환자를 종종 만납니다.

가끔 대형 매장이나 행사장 앞에서 배를 드러내고 춤을 추면서 영업하는 젊은 여성들을 보곤 합니다. 어떤 사람들은 늘씬한 몸매가 부러울 수도 있고 좋아 보일지 모르지만, 한의사로서 제가 보는 시각은 안타까움입니다. 그 일을 몇 번 단기적으로 하는 것이라면 큰 문제가 아닐 수 있습니다. 그러나 직업이 된다면 문제는 달라집니다. 아마 매번 그렇게 배를 드러내는 옷을 입으면 조만간 소화불량을 겪게 될 것입니다. 불규칙하고 짧은 식사 시간도 아주 주요한 원인이 됩니다. 더운 여름에 춤을 추다 지쳐 차가운 음료를 버릇처럼 마시게 되면 증상은 심해질 수 있습니다. 이런 생활이 계속되면 생리 불순, 생리통, 월경 곤란이 오게 되고, 마지막으로 찾아올 증상은 불임증입니다. 결국은 '배를 차게 하면 건강에 좋지 않다'는 사실을 '몰랐기' 때문에 벌어진 일입니다. 흔히 젊어서는 몸을 망가뜨리면서 돈을 벌고, 나이 들어서는 그 돈으로 망가뜨린 몸을 고친다고 합니다. 하지만 '이 정도쯤이야' 하고 생각하거나, 또는 '몰라서' 생기는 병은 조심하는 것이 좋을 듯합니다. 변화는 조금씩 생깁니다. 그러나 10년이면 강산도 변한다는 사실을 잊지 말아야 합니다.

사시음양의 변화에서 우리가 일반적으로 배울 수 있는 것은 무엇일까요?《논어》의 '자한 편 4장'에 이런 글이 나옵니다. "공자께서는 네 가지를 절대로 안 하셨다. 억측하지 않으셨고, 장담하지 않으셨고, 고집하지 않으셨고, 이기적인 일이 없으셨다"(子絶四 毋意毋必毋固毋我). 공자의 이러한 행동은 사시음양에서 깨우쳤다고 생각합니다. 계절은 자신을 장담하거나 고집하지 않습니다. 봄이 오면 겨울은 물러납니다. 여름이 오면, 봄은 여름에게 길을 내어 줍니다. 그러다가 가을이 오면 여름도 고개를 숙입니다. 그리고 가을은 서리가 내리면 겨울을 맞이합니다. 어느 한 계절도 영원을 주장하지 않습니다. 성경에는 이런 가르침이 많이 보입니다. 몇 구절만 살펴보겠습니다.

"그러나 나는 이렇게 말한다. 자기 형제에게 성을 내는 사람은 누구나 재판을 받아야 하며 자기 형제를 가리켜 바보라고 욕하는 사람은 중앙 법정에 넘겨질 것이다. 또 자기 형제더러 미친놈이라고 하는 사람은 불붙는 지옥에 던져질 것이다"(마 5:22).

"또 '거짓 맹세를 하지 마라. 그리고 주님께 맹세한 것은 다 지켜라.' 하고 옛 사람들에게 하신 말씀을 너희는 들었다. 그러나 나는 이렇게 말한다. 아예 맹세를 하지 마라. 하늘을 두고도 맹세하지 마라. 하늘은 하느님의 옥좌이다. 땅을 두고도 맹세하지 마라. 땅은 하느님의 발판이다. 예루살렘을 두고도 맹세하지 마라. 예루살렘은 그 크신 임금님의 도성이다. 네 머리를 두고도 맹세하지 마라. 너는 머리카락 하나도 희게나 검게 할 수 없다. 너희는 그저 '예.' 할 것은 '예.' 하고 '아니오.' 할 것은 '아니오.'만 하여라. 그 이상의 말은 악에서 나오는 것이다"(마 5:33-37).

'억측하는 사람', '장담하는 사람', '성을 내는 사람', '맹세하는 사람'을 건강과 관련해서 생각해 보겠습니다. 이 사람들은 변화를 거부하는 공통점이 있습니다. 저는 어렸을 때 물에 빠져 죽을 뻔한 일이 있었습니다. 한탄강에 갔었는데, 공기를 넣은 매트리스에 누워서 흐르는 강물에서 놀고 있었습니다. 강 한가운데에 제법 큰 바위가 섬처럼 있었습니다. 그 바위에 오르려고 하는데, 바위 밑으로 이끼가 잔뜩 끼어 있어 미끄러져서 물에 빠졌습니다. 수영을 못할 때였고, 허우적거리다가 물에 잠겼다 나오기를 몇 번 반복했습니다. 그러다가 순간 깨달았습니다. '몸에 힘을 빼자.' 생각한 것처럼 온몸에 힘을 빼자 거짓말처럼 떠올랐습니다. 그래서 조심조심 바위에 올라가 살아났습니다. 그때 제가 고집을 부리고 계속 몸에 힘을 줬다면 이 글을 쓰고 있지 못했을 것입니다.

흔히 의사가 환자들에게 주의를 시키는 것은 겨울부터 초봄까지의 등산 같은 실외 운동입니다. 이 시기는 심장마비로 돌연사가 많은 계절입니다. 이 사람들의 공통점은 규칙적으로 등산을 하고 있었다는 것입니다. 일반적으로 겨울부터 초봄 사이에 갑자기 등산 같은 운동을 시작하는 사람은 거의 없습니다. 그들은 꾸준히 운동했을 것이고, 평상시 체력에 자신이 있었을 것입니다. 그런데 기온이 갑자기 떨어진 날, 새벽이 문제입니다. 몸의 혈관이 충분히 확장되지 않은 상태에서 운동을 시작하면 어느 순간 몸의 상태가 좋지 않다는 것을 느끼게 됩니다. 그때라도 운동을 멈추면 문제가 되지 않습니다. 그러나 그때 자신의 체력을 장담하면 사고가 벌어집니다. 그래서 저는 환자에게 이 계절에는 다른 운동을 할 것을 권합니다. 보통은 수영을 권하는데, 저도 겨울에는 주로 수영을 합니다.

한 해를 봄, 여름, 가을, 겨울로 나눌 수 있는 것처럼, 하루를 나누어서 생각할 수 있습니다. 《소문》의 '금궤진언론'(金匱眞言論) 편에는 이런 대목이 나옵니다.

해가 동쪽에서 뜰 때부터 가장 높아지는 정오까지를 양중지양(陽中之陽)이라고 하고, 정오부터 해가 서쪽으로 질 때까지를 양중지음(陽中之陰)이라고 합니다. 해가 진 뒤부터 자정까지를 음중지음(陰中之陰)이라고 하고, 자정에서 일출까지는 음중지양(陰中之陽)이라고 합니다.

계절 변화에 따른 음양의 조화가 있듯이 하루 변화에 따른 음양의 조화가 있습니다. 하루하루가 지나가는 것은 계절이라는 큰 변화 속에 벌어지는 하루라는 작은 변화입니다. 쉽게 생각하면 일반적인 사람들이 아침에 일어나서 활동하고 저녁에는 휴식을 취한다는 개념입니다. 이것을 요즘의 개념으로 생각해 본다면 일주기리듬(circadian rhythm)입니다.

이런 이야기를 담은 '금궤진언론'을 '금궤에 넣어 둔 변하지 않는 이야기'라고 해석해 봄 직합니다. 이렇듯 자연의 조화, 계절의 변화, 하루의 변화에 순응하고 조화를 이루는 것이 몸과 마음의 건강을 위하는 금과옥조라는 것입니다. 우리 모두 이 원리를 마음에 새겨 실천하기를 희망합니다.

백세가 되어서도
편안한 아침은 옵니다

송촌과 저녁 식사 자리에서 나눴던 대화입니다. 전날도 강연을 하신 것으로 알고 있었는데 여느 때와 같이 피곤한 기색 하나 없으시기에 여쭈었습니다.

"어제도 강연하셨는데 피곤하지 않으세요? 오늘도 얼굴이 편안해 보이시네요."

"살면서 느끼는 것이, 마음 편히 사는 사람들은 백세가 넘어도 표정이 편안해요. 그렇다고 아무 일도 없이 보내면 건강에 좋지 않고, 적당히 할 일이 있을 때가 건강에 좋은 것 같아요. 그러니 무리 되지 않게 일해야죠. 90분 정도 강연하면 조금 피곤하기는 한데, 하고 나면 오히려 편안해요. 강연장에 갈 때는 힘든데 올 때는 편안하고 행복해지는 거죠. 물질적인 것은 잘 모르지만, 정신적인 것은 나눠 주는 사람이 행복한 것 같아요. 다들 고마워하고 행복해하니까 나도 행복해져요."

그래서 제가 "그럼 120세까지 하셔야죠?" 하자 송촌이 빙그레 웃으며 말씀합니다.

"어제 투자 금융 회사에서 전화가 왔어요. 금융 상품에 돈을 좀 넣어 놨는데, 어제 일자로 계약이 끝났더라고요. 전화 너머 직원이 하는 말이 5년 연장하면 이자가 많아진다고 그래요. 내 나이를 모르나 봐요. 인간의 기대 수명이 점점 늘어나고 있다고 해요. 언젠가 120세까지 사는 것이 평범한 일이 될는지 모르겠어요. 그런데 120세가 되어서 행복할 수 있을까요? 우리 어머니가 백세까지 사셨어요. '120세까지 사세요' 그랬더니 '싫다, 이 고생을 뭐 하러 그때까지 해' 그러시더라고요. 그런데 또 누가 옷이나 내의 같은 것을 사 드리면 '이건 뒀다가 다음에 입으련다' 그러셨어요."

"'건강해서 행복한가, 행복해서 건강한가?' 하는 것은 동전의 양면 같습니다. 행복은 나누면 더 행복해지고, 행복을 나누고 전할 수 있는 사람이 건강한 것이 아닐까요?"

"나이 많은 친구들이 하는 얘기가 '저녁에 잠자려고 눕는 것은 그렇게 편안한데 아침에 일어나려고 하면 또 어떻게 하루를 사나 부담스럽고 어렵다'고 그래요. 그래서 '편안하게 일어나는 방법이 없는가?' 하고 생각하다가, 요즘은 아침마다 눈을 뜨면 손가락을 하나하나 주무르고 발가락도 하나하나 펴 주고 배도 한번 쓸어 봐요. 그러면 감각이 하나씩 깨어나는 것 같아요. 일어날 용기가 생겨요. 친구 하나가 '백세가 돼서도 아침에 눈뜨는 법'이라고 문자를 보내 주는데, 백세가 되면 아침에 눈뜨는 것도 힘든 것 같아요."

"그러고 보면 우리나라뿐만 아니라 세계적으로도 백세가 넘어서도 교수님처럼 건강하게 사회 활동을 하시는 분은 거의 없는 것 같습니다. 역사적으로도 그렇고요."

"내가 봐도 그런 것 같아요."

일반적으로 인간이 아침에 잠에서 깨고 밤에 잠드는 것은 자연스러운 일입니다. 이 자연스러움을 위해 우리 몸은 날마다 특정 호르몬의 분비를 늘리거나 줄입니다. 사람의 하루 주기를 맞추는 데 가장 중요한 역할을 하는 호르몬이 코르티솔(cortisol), 세로토닌(serotonin), 멜라토닌(melatonin)입니다.

아침이 되면서 햇빛이 망막을 자극하고, 이에 따라 낮 호르몬인 코르티솔의 분비량이 증가합니다. 코르티솔은 오전 6~8시에 분비량이 최고치에 달하고 이후 차츰 감소하기 시작해 저녁이나 수면 초기가 되면 최저 수준으로 떨어집니다. 아침에 코르티솔 호르몬은 신체 각 기관으로 보내는 혈액량을 증가시켜 신체 기능을 활성화시킵니다. 그 결과 맥박과 호흡이 증가하고 근육은 긴장 상태가 됩니다. 또 우리 몸의 에너지원인 포도당이 뇌로 즉시 전달될 수 있도록 포도당의 대사 작용이 늘어납니다. 이 때문에 뇌 기능도 활성화되어 정신이 또렷해지고 감각 기관이 예민해집니다. 코르티솔의 이런 작용 때문에 아침이 되면 비몽사몽 상태로 잠에서 깨어도 차츰 또렷한 정신 상태를 갖추게 됩니다. 이것은 인체를 부교감신경 모드에서 교감신경 모드로 바꾸는 것입니다.

낮 동안 분비되면서 우리의 기분을 좋게 만드는 호르몬이 세로토닌입니다. 아침에 일어나 커튼을 젖히고 햇빛의 자극을 받으면 우리 몸에서는 세로토닌의 분비가 시작되며 뇌가 활동을 시작합니다. 자연히 잠에서 깨어 건강하게 활동할 수 있는 작용을 세로토닌이 담당하고 있습니다. 야외에서 햇볕을 쬐면 기분이 좋아지고, 해가 짧은 겨울이면 기분이 우울할 때가 많은 것은 세로토닌이 빛이 있을수록 더욱 활발하게 분비되기 때문입니다.

그런데 활기찬 낮을 만드는 세로토닌과는 반대로 황혼을 지나 빛이 사라지고 암흑이 찾아와야만 나타나는 호르몬이 있습니다. 바로 빛을 싫어하는 멜라토닌입니다. 해가 저물기 시작하면 우리 몸에서는 세로토닌의 분비는 줄어들고 멜라토닌이 생성되기 시작합니다. '수면 호르몬'으로 통하는 멜라토닌은 깜깜한 밤 9시부터 다음날 오전 6~8시 정도까지 분비되어 우리를 수면 상태로 만듭니다. 이것은 인체를 교감신경 모드에서 부교감신경 모드로 바꾸는 것입니다.

세로토닌과 멜라토닌은 밤과 낮처럼 정반대로 보이겠지만, 사실 멜라토닌은 세로토닌의 변형이라고 할 수 있습니다. 아미노산의 일종인 트립토판(tryptophan)이 세로토닌을 거쳐 멜라토닌으로 바뀌는 것입니다. 트립토판은 식사를 통해 섭취됩니다. 세로토닌 분비를 늘리려면 원재료인 트립토판을 충분히 섭취해야 합니다. 세로토닌은 밤이 되면 멜라토닌의 원료가 됩니다. 먼동이 트면 멜라토닌은 다시 세로토닌으로 변신합니다.

많은 사람을 괴롭히는 불면증과 관련 있는 것이 바로 세로토닌과 멜라토닌입니다. 멜라토닌이 부족하면 불면증이 생겨 충분한 수면을 취할 수 없게 됩니다. 하지만 낮 동안 세로토닌이 풍부하게 분비되어 축적되면 해가 저문 후 멜라토닌이 정상적으로 분비되어 기분 좋게 잠들 수 있습니다. 그러나 세로토닌이 부족하면 멜라토닌 또한 부족해져서 수면장애가 생깁니다.

음양학설(陰陽學說)은 한의학의 중요한 기초 이론입니다.

음양은 상반되는 개념이지만, 서로 협조하여 그 상호작용으로 만물이 형성되고 변화된다는 사상입니다. 음양의 개념을 이해하기 위한 가장 쉬운 접근은 '낮과 밝음은 양', '밤과 어둠은 음'으로 보는 것입니다. 《소문》의 '금궤진언론'에서는 음양 속에 다시 음양이 있다는 이론을 추리합니다. 이를 바탕으로 음양의 개념을 사물에 적용했을 때, 사물에 내재하는 상호 대립을 연결하는 부분이 있어 음은 양으로 양은 음으로 바뀝니다. 즉 낮이 다하면 밤이 되고, 밤이 다하면 낮이 되는 것입니다.

호르몬에서의 이러한 작용은 길항 작용(拮抗作用)이라고 합니다. 세로토닌은 빛의 자극으로 분비되어 체온을 높이는 역할을 하므로 양의 물질로 볼 수 있습니다. 멜라토닌은 해가 저물면 분비되고 체온을 낮추는 역할을 하므로 음의 물질로 볼 수 있습니다. 세로토닌과 멜라토닌은 같은 물질인 트립토판이라는 아미노산에서 생성되지만 각각 양과 음의 형태로 인간의 수면-각성 리듬과 체온을 조절합니다.

우리가 정상 체온으로 알고 있는 것은 36.5도입니다. 그러나 질병이 있는 상태가 아니라면 일반적으로 정상 체온의 범위는 36~37.5도입니다. 정상 체온은 신진대사와 혈액 순환, 면역 체계 등 생명 유지 활동에 관여하는 효소가 가장 활발하게 작용하는 온도입니다. 즉 이때가 우리 몸이 가장 건강한 때라는 의미입니다. 물론 모든 사람의 체온이 정확하게 36.5도여야 정상인 것은 아닙니다. 체온은 나이, 성별, 활동량, 스트레스 강도 등에 따라 차이가 있는데, 보통 노인은 건강한 성인보다 체온이 0.5도 가량 낮습니다. 같은 사람이라도 활동량이 적은 밤에는 낮보다 체온이 0.5도 정도 낮습니다. 체온은 낮에는 높고 밤에는 낮아지는 주기성을 갖습니다.

이러한 일주기리듬은 체온 변화와 수면-각성 리듬(sleep-wake rhythm)뿐만 아니라 소화기계, 내분비계, 심혈관계에도 있습니다. 일주기리듬을 조절하는 것을 '생체 시계'라고 하며 뇌의 시상하부에 있습니다. 뇌는 사람 몸무게 중 2퍼센트에 불과하지만 한 사람이 소비하는 전체 에너지의 약 20퍼센트를 사용합니다. 이것은 일반적인 사실이고, 정신 활동의 내용에 따라 에너지 소비량은 달라집니다. 대체로 독서를 한다거나, 중요한 정보를 모니터링 할 때, 또는 다른 사람들이 하지 않는 특수한 정신 활동을 할 때 에너지 소비량이 증가합니다. 예를 들어 새로운 프로젝트를 만들어 내거나 예술, 창작 등 개인적으로 창의적인 생각을 하는 과정에서는 대량의 에너지를 소비합니다.

인간이 산다는 것은 세상과 신체 조직으로부터 정보를 받아들이고 의사 결정을 하며 신체 조직에 정보를 되돌려 보내고 명령을 내리는 과정에서 이루어집니다. 이 모든 사건은 뇌를 중심으로 하는 우리 신체의 신경계에서 이루어집니다. 인간의 뇌는 크게 3단계로 나눌 수 있습니다. 1단계가 뇌간이며, 일명 '파충류의 뇌'라고 합니다. 2단계는 뇌간의 외부를 이루고 있는 대뇌변연계로, 일명 '포유류의 뇌'라고 합니다. 그리고 3단계는 대뇌피질이며, 일명 '영장류의 뇌'라고 합니다.

인간도 동물이기 때문에 생명 유지를 위한 '파충류의 뇌'의 기능도 중요합니다. 뇌의 가장 깊은 곳에 위치한 영역이 뇌간과 소뇌입니다. 뇌간은 크게 간뇌, 중뇌, 연수, 뇌교 등으로 구성됩니다. 간뇌는 뇌간과 대뇌 사이에 있으며, 항상성의 중추가 됩니다. 간뇌의 일부인 시상하부에는 생체 시계가 있으며, 내분비계와 자율신경계의 기능을 조절합니다. 중뇌는 안구 운동과 홍채 조절 기능을 합니다. 연수는 심장박동, 호흡, 배변, 배뇨, 기침과 같은 생명에 직결되는 기능을 담당합니다. 뇌교는 움직임을 조절하고 수면을 제어하는 것을 도와줍니다. 소뇌는 뇌간 뒤쪽에 위치하며 신체가 공간적으로 움직이는 것을 인지합니다. 평형 감각과 시각에 관한 정보를 받아 종합하여 자세를 유지합니다. 이러한 모든 기능은 의식과 관계없이 이루어집니다.

'포유류의 뇌'에 해당하는 대뇌변연계는 '파충류의 뇌'와

김형석 교수의 백세 건강

'영장류의 뇌' 사이의 영역으로, 편도체, 송과체, 해마 등으로 구성됩니다. 편도체는 아몬드 모양이라는 의미이며, 정서를 조절하고 공포와 불안에 대한 학습과 기억 역할을 담당합니다. 송과체는 솔방울 모양이라는 의미이며, 세로토닌에 의해 분비 신호를 받아 멜라토닌을 생성합니다. 멜라토닌은 계절과 일주기리듬에 대해 수면 패턴의 조절에 영향을 줍니다. 해마는 포유류의 수준을 넘어서는 '기억의 저장'이라는 뇌 기능을 담당합니다. 기억은 단기 기억과 장기 기억으로 나뉘는데, 단기 기억은 해마가 낮은 에너지 정보를 받으면 쉽게 잊어도 되는 상태로 정보를 처리합니다. 그러나 높은 에너지 정보를 받으면 해마가 이것을 장기 기억으로 처리하고 이에 상응하는 감정 정보도 함께 저장합니다. 인간은 사실적인 기억과 감정적인 기억을 같이 저장하며, 오래전 과거의 기억을 회상할 때도 감정 상태까지 같이 떠올리게 됩니다.

'영장류의 뇌'에 해당하는 영역이 대뇌피질입니다. 대뇌피질은 대뇌 표면의 얇은 막으로 대략 200억 개의 신경세포와 300조 개의 시냅스가 들어 있습니다. 대뇌피질에서는 외부로부터의 정보와 신체 내부의 정보, 그리고 다른 뇌 부위에서 받아들인 정보를 바탕으로 감정, 인식, 사고, 판단 등의 고위 정신 기능이 이루어지며, 운동 신호를 통해 신체를 움직이게 합니다. 대뇌피질은 전두엽, 두정엽, 후두엽, 측두엽으로 구성합니다. 전두엽은 추리, 계획, 운동, 감정, 문제 해결 등에 관여합니다. 특히 전두엽의 앞부분을 덮고 있는 대뇌 피질은 전전두엽입니다. 지극히 추상적이고 고도의 인지 기능을 필요로 하는 내용을 처리합니다. 이러한 사실을 바탕으로 '전전두엽이 인간을 가장 인간답게 하는 부분이 아닐까?'라고 생각할 수 있습니다. 두정엽은 각종 감각 정보가 종합되며, 언어 처리에서 중요한 역할을 합니다. 후두엽은 시각 정보의 일차적 영역이며 시각에 관한 고도 인식 등에 관계합니다. 측두엽은 청각 정보의 처리를 담당합니다.

인간의 뇌에는 다음과 같은 발생학적인 특징이 있습니다. 첫째, 출생 전 태아의 뉴런은 분당 2만 5천 개의 속도로 매우 빠르게 증식합니다. 둘째, 침팬지는 출생 후 뇌 성장이 멈추지만 인간은 출생 후 두 살까지 매우 활발하게 뇌 성장이 이뤄집니다. 셋째, 청소년의 뇌가 사춘기까지 발달하고 성숙하며, 뉴런의 가지치기는 지속적으로 일어납니다. 넷째, 신경의 신호 전달 속도를 높일 수 있는 '수초(myelin sheath) 형성'은 청소년 시기에도 이어집니다. 다섯째, 수초 형성이 끝나는 시기는 성인이 되고 나서인데, 이 시기에는 고등 인지기능을 처리하는 전전두엽의 수초 형성이 마무리 됩니다.

이런 발생학적 특징과 함께 사람의 뇌는 문화적 특징을

가지고 있습니다. 즉 언어를 구사한다는 것입니다. 인간의 언어는 인류 발달에 새로운 장을 열었습니다. 인간의 마음이 언어를 발달시키고, 언어의 발달이 또 다시 마음을 발달시킨 것입니다. 이렇듯 언어는 인간이 그 어떤 생명체와도 견줄 수 없는 남다른 존재라는 사실을 증명합니다. 언어와 마음은 인간만의 고유 영역입니다.

인간의 뇌의 발달에 있어서 숨은 공로자가 있었다면 '뇌척수액'입니다. 만약 뇌척수액이 없었다면 뇌는 스스로의 무게를 감당하지 못했을 것입니다. 뇌실계통 또는 뇌실은 뇌 안의 서로 연결된 빈 공간으로 뇌척수액을 생산합니다. 그리고 뇌실은 뇌척수액으로 채워져 있고 뇌와 척수는 뇌척수액에 떠 있습니다. 우리 몸은 하루에 약 500밀리리터의 뇌척수액을 생산하고 일정하게 재흡수하여 100~160밀리리터를 유지합니다. 사람의 뇌는 질량이 약 1,400그램 정도이지만, 뇌척수액에 떠 있는 뇌의 무게는 25그램까지 감소합니다. 그것은 뇌가 뇌척수액의 도움으로 뜨지도 가라앉지도 않는 상태, 즉 중성 부력 상태를 유지하기 때문입니다. 그래서 급격한 움직임이나 충격으로부터 뇌 조직을 보호할 수 있습니다. 뇌척수액은 뇌실 안을 흐르고 혈액-뇌 장벽을 지나 혈류로 다시 흡수되면서 중추신경계에서 생기는 대사 부산물을 제거하여 신경 내분비 인자 분포의 항상성을 조절합니다. 뇌실의 글림프계(glymphatic system)가 뇌척수액을 통해 뇌세포의 활동 및 대사 결과로 생산된 독소와 노폐물을 제거하는 역할을 합니다. 글림프계의 활성은 수면 중에 증가해 각성 상태에서 뇌의 활동으로 생산된 대사 노폐물을 수면 중에 제거하는 역할을 합니다.

송촌의 수면 시간은 상당히 규칙적입니다. 보통 10시 30분에 잠자리에 들고, 아침 6시에 일어나십니다. 깨서는 바로 일어나시지 않습니다. 가만히 침대에 누워서 눈을 깜빡여 보고, 손가락, 발가락을 주무르기도 하고, 배를 문지르면서 몸의 감각을 하나하나 깨운다고 합니다. 보통 사람들이 생각하기에는 아무것도 아닌 일입니다. 조금은 과장되어 보일 수도 있습니다. 심지어는 '그깟 게 건강과 무슨 상관인가' 하고 생각할 수도 있습니다.

먼저 한의학적으로 생각해 보겠습니다. 사시음양을 떠올려 봅시다. 아침에 일어난다는 것은 계절로는 봄에 해당합니다. 봄에 새싹이 땅에서 나오는 것을 본 적이 있습니까? 그 여린 싹이 가느다란 줄기에 달려 무거운 흙을, 때로는 돌을 비집고 올라옵니다. 아직은 그 싹과 줄기가 무거운 흙과 돌을 감당할 힘이 부족하므로 '조심스럽게' 나오는 것입니다. '동물의 왕국' 같은 방송에서 보면 겨울잠을 자는 동물들이 봄에 깨어나는 모습도 이와 같습니다. 겨울잠을 자고 일어난 도마뱀은 눈 한번 깜빡여 보고, 앞발 한번 움직여 보고, 뒷발 한번 펴보고, 발가락 하나하나를 조심조심 다 꿈틀거려 보고 나서야 움직입니다. 그것은 긴 겨울잠에서 일어날 용기를 갖기 위해서입니다.

이제는 송촌의 이러한 동작을 자율신경계의 측면에서 생각해 보겠습니다. 아침은 멜라토닌이 작용하는 부교감신경 모드에서 세로토닌이 작용하는 교감신경 모드로 전환하는 때입니다. 그런데 인간은 나이가 들수록 밤에서 낮으로의 전환 속도가 느려집니다. 체온 저하가 그 원인 중 하나이기도 합니다. 시상하부의 생체 시계의 노화를 원인으로 생각할 수도 있습니다. 이처럼 노화는 우리 몸의 수면-각성 리듬을 교란시킵니다. 송촌의 경우는 예외이지만, 일반적으로 노화가 찾아오면 밤에는 잠이 안 오고, 낮에는 멍하게 됩니다. 또한 송과체의 기능 저하로 수면 패턴 조절이 잘 안 됩니다. 잔 것도 깬 것도 아닌 상태가 밤낮으로 반복되는 것을 호소하는 환자는 대부분 노인입니다.

여기까지만 들으면 노화와 함께 찾아오는 당연한 현상인데 뭐 그리 호들갑인가 생각할 수 있습니다. 그런데 우리가 기억해야 할 것은, 남녀노소 누구나 아침에 벌떡 일어나는 것은 혈압의 급격한 상승과 심박수의 급격한 증가를 가져온다는 사실입니다. 그뿐만이 아닙니다. 질병 중에는 빈

번히 발생하는 시간이 정해진 것이 있습니다. 이것을 일주기 변동(circadian variation)이라고 합니다. 급성 심근경색, 심장성 돌연사를 포함한 심혈관 질환은 40퍼센트 이상이 하루중 오전 6~12시 사이에 발병합니다. 뇌혈관 질환도 55퍼센트 정도가 이 시간에 발생한다고 합니다. 이것을 오전 과잉(morning excess)이라고 하는데, 여기서 시간은 통계의 자료를 위해 정한 것이고, 정확하게는 '잠자리에서 일어나서'입니다.

송촌은 아침에 '봄에게서 배운 운동'으로 이러한 발병 위험을 줄였던 것입니다. 저도 아침에 일어날 때 5분 정도 '봄운동'을 합니다. 그리고 일어날 용기가 생기면 침대에서 일어납니다. 이런 생명 유지의 역할을 담당하는 부분이 파충류의 뇌입니다. 순환, 호흡, 흡수, 배설, 수면에 해당합니다.

다음은 송촌과 나눴던 대화 중에서 물질적인 것과 정신적인 것, 건강과 행복에 대해서 생각해 보려고 합니다. 이 이야기를 시작하기 전에 간단한 게임을 해 보고 싶습니다. 포유류의 뇌에 해당하는 해마와 영장류의 뇌에 해당하는 대뇌피질, 그리고 전전두엽에 대한 것입니다. 이 게임에 좀 더 몰두하고 싶다면, 뇌 설명 부분을 다시 한번 읽어 보는 것도 좋습니다. 준비됐으면 책을 덮고 이 책의 표지를 보십시오. '표지를 통해서 무엇을 알게 됐나요?'가 질문입니다. 시간제한은 없습니다.

지금 우리가 생각할 부분은 해마에서 전전두엽까지의 상호 관계입니다. 뇌의 발달은 해마 → 측두엽 → 후두엽 → 두정엽 → 전두엽 → 전전두엽의 순서입니다. 해마는 단기 기억과 장기 기억을 담당합니다. 제가 집에서 한의원까지 운전하는 것으로 예를 들어 보겠습니다. 저는 아침에 집에서 나와 주차장에 주차된 차에 올라타 시동을 겁니다. 주차장을 빠져나와서 좌회전하고, 조금 가서 우회전하고, 직진합니다. 첫 번째 신호등에서 좌회전하고, 직진합니다. 신호등을 다섯 개 지나서, 여섯 번째 신호등에서 비보호 좌회전을 하고, 우회전을 해서 한의원 주차장에 도착합니다. 매일 출근할 때 습관적으로 수행하는 일입니다. 글을 쓰기 위해서 기억해 냈을 뿐, 매일 다닐 때는 신호등의 숫자라든지, 좌회전, 우회전을 외우고 있지는 않습니다. 이것은 장기 기억에 저장되어 있기 때문에 달달 외우지 않아도 출근하는 데는 문제없습니다. 낮은 에너지 정보의 단기 기억의 반복을 장기 기억화한 것입니다. 그런데 3일 전에는 제가 비보호 좌회전하는 곳에서 충돌 사고가 있었습니다. 과속으로 직진하는 반대편 차선의 차와 무리하게 좌회전하려는 차가 부딪힌 것입니다. 그 사고를 제가 직접 봤다면 높은 에너지 정보가 되어 장기 기억 속으로 바로 편입됩니다. 뇌가 받아들이는 정보에 대한 충격이 컸기 때문입니다. 그런데 길가에 차량 파편이 여기저기 흩어져 있는 것만 봤다면, 단기 기억으로 편입되었다가 시간이 지날수록 잊힙니다. 이런 사고가 그곳에서 반복해서 일어났다면, 조심해서 좌회전을 해야겠다는 생각을 하게 됩니다.

우리의 일상생활은 이러한 단기 기억과 장기 기억이 반복해 일어납니다. 눈에 보이는 것은 해마에서 전두엽까지만 영향을 줍니다. 물질적인 것들이 대부분이기도 합니다. 이런 것은 나누면 나눌수록 적어집니다. 정신적인 것을 생각하기 위해서 '광야에서 유혹을 받으신 예수님'을 누가복음에서 살펴보겠습니다.

"예수께서는 요르단 강에서 성령을 가득히 받고 돌아오신 뒤 성령의 인도로 광야에 가셔서 사십 일 동안 악마에게 유혹을 받으셨다. 그 동안 아무것도 잡수시지 않아서 사십 일이 지났을 때에는 몹시 허기지셨다. 그때에 악마가 예수께 '당신이 하느님의 아들이거든 이 돌더러 빵이 되라고 하여 보시오.' 하고 꾀었다. 예수께서는 '사람이 빵으로만 사는 것이 아니다'라고 성서에 기록되어 있다.' 하고 대답하셨다. 그러자 악마는 예수를 높은 곳으로 데리고 가서 잠깐 사이에 세상의 모든 왕국을 보여 주며 다시 말하였다. '저 모든 권세와 영광을 당신에게 주겠소. 저것은 내가 받은 것이니 누구에게

김형석 교수의 백세 건강

나 내가 주고 싶은 사람에게 줄 수 있소. 만일 당신이 내 앞에 엎드려 절만 하면 모두가 당신의 것이 될 것이오.' 예수께서는 악마에게 '주님이신 너의 하느님을 예배하고 그분만을 섬겨라.'라고 성서에 기록되어 있다.' 하고 대답하셨다. 다시 악마는 예수를 예루살렘으로 데리고 가서 성전 꼭대기에 세우고 '당신이 하느님의 아들이거든 여기에서 뛰어내려 보시오. 성서에 '하느님이 당신의 천사들을 시켜 너를 지켜주시리라.' 하였고 또 '너의 발이 돌에 부딪히지 않게 손으로 너를 받들게 하시리라.'라고 기록되어 있지 않소?' 하고 말하였다. 예수께서는 '주님이신 너희 하느님을 떠보지 마라'라는 말씀이 성서에 있다.' 하고 대답하셨다. 악마는 이렇게 여러 가지로 유혹해 본 끝에 다음 기회를 노리면서 예수를 떠나갔다"(눅 4:1-13).

여기서 악마가 예수님께 유혹한 빵, 권세와 영광, 기적은 물질적인 것의 대표입니다. 대부분의 사람은 이것을 얻기 위해서 살아갑니다. 이것을 위해서 해마에서 전두엽까지의 단기 기억과 장기 기억을 이용해 지식을 쌓고 그것을 지혜라고 생각하고 살아갑니다. 그런데 예수님의 대답에서 보이는 것은 전두엽에서는 처리하기가 어려운 정보입니다. 지극히 추상적이고 고도의 인지 기능을 필요로 하는 내용입니다. 이러한 내용을 전전두엽이 처리합니다. 그래서 전전두엽을 인간을 가장 인간답게 하는 부분이라고 하는 것입니다. 송촌이 소유하려는 사람보다 나누는 사람이 더 행복하다고 하는 이유가 여기에 있습니다. 더불어 받는 사람 역시 나눔으로 인해 고마워하고 행복해합니다. 나눌수록 행복은 더욱 커집니다.

이제는 전전두엽의 발달을 생각해 봐야 합니다. 추상적인 고도의 인지 기능을 필요로 하는 내용 중 하늘나라의 이야기입니다. 북경 오리를 먹어 본 사람은 그 맛을 압니다. 그리고 그 맛을 설명할 수 있습니다. 하지만 먹어 보지 않은 사람에게는 아무리 맛을 설명해 봐야 추상적입니다. 상상만 할 뿐, '오리 요리'의 한 종류 정도라는 추상적인 개념만 있습니다. 그리고 비로소 음식을 먹어 봐야 그 맛과 느낌에 공감할 수 있습니다. 전전두엽의 기능은 필요가 없습니다. 그런데 하늘나라의 이야기는 전혀 다릅니다. 그곳은 예수님만 알고 계십니다. 그래서 예수님도 비유로 설명하십니다. 북경 오리를 먹어 본 사람이 안 먹어 본 사람에게 설명하듯 할 수밖에 없습니다. 대표적으로 겨자씨의 비유라든지, 누룩의 비유가 그렇습니다. 확고한 믿음이 없는 사람에게 하늘나라는 실체가 없습니다. 그런데 많은 신앙인이 이런 예수님의 비유와 상징의 말씀을 가지고 하늘나라를 찾아갑니다. 하지만 누구도 자신이 찾았다고 증명할 수는 없습니다. 찾아가고 있는 송촌 같은 사람이 우리에게 빛과 소금이 되어 드러날 뿐입니다. 이렇게 하늘나라를 찾아가는 사람은 해마에서 전전두엽까지 계속해서 가르침을 쌓아 가다가 때로는 무너지거나 쉬어 가고, 다시 쌓기를 반복합니다. 그러면서 전전두엽은 더욱 발달합니다.

인간만이 가진 언어와 마음에 대해서 생각해 봅시다. 언어와 마음은 영장류의 뇌에서 주로 담당합니다. 언어에 대해서 우리가 일반적으로 사용하는 부분을 보겠습니다. 우리가 일상생활을 하는 데 필요한 언어는 어느 정도일까요? 물론 사람의 지식 수준이라든가 생활 수준, 문화 수준에 따라서 차이가 있을 것입니다. 단적인 예로 저는 2012년 봄에 중국어 공부를 일주일에 3시간씩 하기 시작했습니다. 그렇게 16주간 초급 중국어를 배우고 "얼마예요?", "맛있어요" 정도를 말하는 수준으로 가족과 중국 천진(天津)에 다녀왔습니다. 여행하는 동안 언어가 통하지 않아 겪는 어려움은 없었습니다. 호텔 직원에게 딸아이를 위한 침대를 하나 더 놓아 달라고 부탁했고, 공항으로 돌아가는 택시를 예약해 달라고도 했습니다. 우리가 일상생활을 하는 데 필요한 언어는 얼마 되지 않습니다. 그런데 언어를 이정도만 알고 있다면 마음 수준도 거기에서 그칩니다. 전두엽까지의 영역이면 충분합니다.

그런데 얼마 전부터 사복음서를 중국어로 읽기 시작했습

니다. 이제는 한국어로도 처리하기 어려운 하늘나라에 대한 정보를 중국어로 처리해야 합니다. 전전두엽이 적극적으로 개입할 수밖에 없습니다. 언어에 따라서 마음도 따라갑니다. '세상은 자기가 사랑하는 만큼 알게 되고, 아는 만큼 사랑할 수 있다'고 합니다. 그래서 사랑이 커질수록 알고 싶은 것도 많아지고, 알고 싶은 것이 많아질수록 사랑도 커집니다. 이것은 전전두엽에서 하는 일입니다. 송촌은 외국어에 능통하신데, 희랍어, 라틴어, 독일어, 영어, 일본어를 하십니다. 이 외국어의 구사 수준이나 내용이 "얼마예요?", "맛있어요" 정도는 아니리라는 것은 짐작할 수 있습니다. 송촌의 전전두엽의 수준도 그 정도일 것입니다.

성경을 배우고 싶은 언어로 공부해 보십시오. 성경은 그 나라 언어로 번역된 가장 좋은 책이라는 것이 첫 번째 이유이고, 두 번째는 이제까지 성경에 대해 잘못 알고 있는 부분이 많았다는 것을 알게 될 것이기 때문입니다. 모두 전전두엽에서 강한 자극을 받게 되는 일입니다. 송촌은 희랍어, 라틴어, 독일어, 영어, 일본어로 성경을 읽으셨을 것이라고 추정해 봅니다.

그렇다면 이 전전두엽과 건강이 무슨 상관입니까? 우선은 치매 발생 확률이 낮습니다. 신체에 비해서 두뇌만 빨리 늙는 것이 일반적인 치매입니다. 일반적이라고 하는 것은

김형석 교수의 백세 건강

약물이나 알코올의 영향을 배제했다는 뜻입니다. 두뇌는 안 쓸수록 노화하고, 쓸수록 젊어집니다. 그래서 환자나 일반 인들에게 더 나이 먹기 전에 외국어라든지 악기 연주와 같은 새로운 도전을 권하는 것입니다.

이러한 새로운 도전은 전전두엽의 발달을 통한 치매 예방 효과뿐만 아니라, 삶에 새로운 의미를 더해 줍니다. 예를 들어 저는 클래식 기타를 배웁니다. 진료실에서 연습할 시간이 많지 않아 조금씩 연습을 합니다. 지난봄에 송촌의 백세 생신에 초대를 받았는데, 선물로 뭘 준비할까 고민을 했습니다. 그러다가 클래식 기타를 연주하면서 노래를 불러 드리기로 생각하고, 송촌께 들려 드릴 수 있으면서 내 수준에 맞는 곡으로 '등대지기'를 선정했습니다. 가사가 송촌과 잘 어울린다고 생각을 했습니다. 처음에는 오랜만에 기타를 잡아서인지 악보를 따라 연주하기가 어려웠습니다. 그래도 선물하기로 마음을 먹었으니 연습을 했습니다. 어느 정도 연주가 익숙해진 다음에는 노래를 같이 불러 봤습니다. 온몸에 땀이 흘렀습니다. 기타를 치면서 노래를 불러 본 것은 그때가 처음이었습니다. 송촌이 앞에 계신다고 생각하면서 그 곡에 심취해서 연습했습니다. 결국에는 코로나19 때문에 생신 잔치가 취소돼서 들려 드리지는 못했지만, 저에게는 의미 있는 연주였습니다. 이렇게 연주든 노래든 누구에겐가 들려준다는 생각으로 연습해 보십시오. 새로운 경험을 할 수 있습니다.

외국어도 마찬가지입니다. 저는 가끔씩 혼자서 영어로 묻고 답하는 연습을 합니다. 그러면 머리가 쭈뼛쭈뼛 섭니다. 지금 제가 한국말로 그 느낌을 잘 표현하려고 '쭈뼛쭈뼛'이라는 단어를 선택했는데, 영어로 대화할 기회가 없는 사람이 영어로 생각하려면 그런 느낌이 매 순간 들 수밖에 없습니다. 느낌이 전혀 다르다는 것을 알게 됩니다. 이것은 해보지 않은 사람은 모릅니다. 해 보면 알게 됩니다. 책을 읽을 때도 비슷한 경험을 할 수 있습니다. 《로미오와 줄리엣》을 보면 줄리엣이 로미오를 생각하면서, "로미오, 로미오, 당신은 왜 로미오인가요? 이름이란 무엇인가요? 장미가 다른 이름을 가졌다고 해서, 그 달콤한 향기에는 변함이 없을 것을" 하고 혼잣말하는 장면이 나옵니다. 내가 그 줄리엣이 됐다고 생각하면서 이 대목을 읽어 보십시오. 얼마나 큰 감동으로 다가오는지 모릅니다. 그렇게 하다 보면 하루가 시간이 부족합니다. 그래서 저는 하루 시간표를 나름대로 정해서 시간을 아껴 쓰려고 노력합니다. 오늘은 어제와 다릅니다. 내일과도 다릅니다. 어제는 이미 내가 어쩌지 못하게 됐습니다. 내일은 오지 않을 수도 있습니다. 하지만 '오늘은 내게 남겨져 있는 내 삶 중의 첫째 날'입니다. 게다가 가장 젊은 날입니다.

파충류의 뇌에서부터 전전두엽까지 우리가 생존과 생활과 사고의 과정을 하는 동안에 숨어서 일하는 부분이 뇌척수액입니다. 뇌척수액은 혈액-뇌 장벽을 건너서 뇌의 부분에서 활동하고 있습니다. 즉 혈장의 다른 이름이라는 뜻입니다. 혈장은 혈액을 구성하는 액체 성분인데, 림프액, 뇌척수액으로 생성됩니다. 대체로 구성 성분은 비슷하지만, 농도가 다릅니다. 혈장이 림프액으로도, 뇌척수액으로도 바뀌는 것입니다. 뇌척수액은 뇌의 기능을 유지하는 동안 생긴 노폐물과 독소를 제거합니다. 독서와 외국어와 같은 정신 활동으로 생긴 노폐물을 제거합니다. 그런데 그 시작이 혈장에 있습니다. 여기서 운동으로 대표되는 신체 활동과 독서로 대표되는 정신 활동이 만납니다. 운동을 통한 혈액 순환의 개선과 정화가 대뇌의 활동에 선순환을 도와줍니다. 이렇게 운동은 신체의 건강뿐만 아니라 정신의 건강과도 연계가 됩니다.

다시 게임 이야기로 돌아가 보겠습니다. 책을 덮은 후 표지를 보고 무엇을 알게 됐습니까? 먼저 책이 어떤 모양새로 디자인되었는지, 이 책만의 특징이 보였을 것입니다. 그리고 책의 제목과 저자의 이름, 출판사가 보였을 것입니다. 이런 것들은 누구나 보고 알 수 있는 정보입니다. 가장 보기 어려운 것은 이 책을 쓴 저자의 의도입니다. 이 책은 누구의 것입니까? 책을 산 독자의 것입니까? 이 책을 출판한 출판 사의 것입니까? 이 책의 저자의 것입니까? 제가 생각하기에 는 이 책을 출판한 사람도, 산 독자도, 쓴 저자도 모두 주인 이 될 수 있습니다. 누구든 읽고 실천하는 사람의 것입니다. 읽고, 실천하고, 건강해지고, 행복해지는 사람의 것입니다.

PART 2

죽음을 맞을 것인가, 노래할 것인가

슬픈 안식을 노래하던
어린 시인이 있었습니다

송촌은 어린 시절 아버지가 기휼병원에서 받아다 주는
약을 7~8세가 될 때까지 복용하셨다고 합니다. 지금 송촌
의 모습에서는 그 당시 질병의 흔적을 찾아 볼 수 없습니다.
어린 송촌을 괴롭힌 병은 무엇이었을까요? 몇 번이나 죽음
의 문턱을 넘나들게 만든 그 병이 무엇인지 저는 개인적으
로 상당히 궁금했습니다. 틀림없이 그 병이 지금의 송촌을
장수로 이끌었을 것이라는, 단순한 느낌을 넘어서는 직감이
들었습니다. 그래서 실체도 없는 과거의 환자를 찾아가 진
료해 보기로 했습니다.

어린 송촌이 앓았던 병의 원인 중 하나는 선천적인 허약
이었습니다. 송촌은 아버지로부터 허약한 체질을 물려받으

김형석 교수의 백세 건강

셨다고 합니다. 송촌의 어머니는 어린 송촌을 회상하시기를 "외모는 바싹 마른 얼굴에 코만 보였고, 눈은 큰 셈인데 하도 못생겨 내가 잘못된 아들을 낳은 것은 아닌가 걱정했을 정도였다", 또 "장손이라고 해서 업고 나가면 누구도 잘 생겼다든지, 튼튼해 보인다든지, 사내답다고 칭찬해 주는 이가 없었다"고 하셨답니다. 그래도 마음씨 좋은 이웃들은 "아들이에요?"라든지 "살이 좀 찌면 보기 좋겠네요" 정도의 덕담을 해 주었답니다. 송촌의 할아버지는 송촌이 두 살 되던 해에 처음 만나서는 "아들은 아들인데 제 구실을 할 것 같아 보이지는 않는다"고 하셨답니다. 시대적 상황이 그랬듯이 얼마나 애타게 장손을 기다리셨겠습니까? 그런데도 그 보고 싶던 장손을 만난 뒤 꺼낸 한마디에는 큰 실망이 담겨 있었습니다.

어린 송촌이 태어나 처음 생활하던 곳은 평안북도 운산군 북진면에 있는, 당시 동양 최대의 금광 부근이었습니다. 집 주위에서는 광산 작업과 철로 공사로 커다란 폭발음이 계속되었을 것입니다. 선천적으로 허약한 송촌으로서는 건강한 아이에게도 힘든 소음과 진동을 이겨 내기가 쉽지 않았을 듯합니다. 처음에는 흔히 말하는 경기(驚氣)를 일으켰을 것입니다. 시간이 지남에 따라 자주 깜짝깜짝 놀라고 심하면 의식을 잃고 쓰러졌을 것입니다. 한의학에서는 이러한 증상을 급경풍(急驚風)이라고 합니다.

'풍'(風)자가 들어간 질병은 대체로 고치기 쉽지 않다는 것을 뜻합니다. 그중에 가장 무서운 것은 중풍(中風)입니다. 일반적으로는 뇌경색, 뇌출혈을 중풍이라고 부르며, 심하면 사망하거나, 심각한 후유증을 남깁니다. 그리고 눈과 입이 삐뚤어져 보이는 증상을 구안와사(口眼喎斜)라고 하는데, 속칭 와사풍(喎斜風)이라고 부릅니다. '풍'자를 넣은 속칭이 있는 것으로 보아, 한때는 고치기 어려운 병이었던 듯합니다. 지금은 1퍼센트 정도만 제외하고는 치료가 어렵지 않습니다.

속담에 "자라 보고 놀란 가슴 솥뚜껑 보고 놀란다"는 말이 있습니다. 한 번 큰 충격을 받은 다음에는 비슷한 충격이 엿보이기만해도 과민하게 반응하게 된다는 의미입니다. 벌에 쏘여 본 사람은 '붕붕' 하는 소리만 들어도 벌이 온 줄 알고 놀랄 것이고, 뱀에 물려 본 사람은 땅에 거무튀튀한 나뭇가지가 굴러다니는 것만 봐도 깜짝 놀랄 것입니다. 마찬가지로 몸길이가 20센티미터 정도의 육식 동물인 자라에게 손가락이라도 물려 본 사람이 있다면, 그의 심정은 어떻겠습니까? 지금이야 자라는 물론 솥뚜껑도 박물관이 아니면 보기 흔치 않은 물건이 되었지만, 자라는 사람 손가락을 잘라 낼 만큼 무는 힘이 강하고 한번 물면 놓지 않습니다. 자라의 등

딱지를 별갑(鱉甲)이라고 하는데, 한약재로 사용합니다. 이러한 자라의 등딱지는 둥글고 가운데가 솟아 있어서 솥뚜껑과 비슷합니다. 아마도 자라의 공격을 받아 본 사람은 그와 비슷한 모양인 솥뚜껑만 봐도 심장이 덜컥 내려앉을 것입니다. 한 번만 겪어도 고통인데, 이런 고통의 경험이 반복된다면 질병으로 진행될 가능성이 높아집니다. 만약 이 사람이 급경풍을 일으켰다면 원인은 자라입니다. 이처럼 우연하고 갑작스러운 외부로부터의 자극에서 급경풍의 원인을 찾을 수 있습니다.

한여름에 엄청난 소나기와 함께 번개가 번쩍이고 굉음이 울린다고 생각해 보십시오. 이런 소리들은 때때로 땅을 뒤흔들기도 합니다. 이렇듯 천둥과 번개를 동반하는 소나기의 위력은 일 년에 한두 번은 여러 사람을 불안에 떨게 합니다. 이런 굉음과 진동이 광산 작업과 철로 공사 때문에 수년 동안 계속해서 아무 때고 반복된다면, 어른들이야 매일 있는 일이라 상관없겠지만 갓 태어난 아기에게는 세계를 뒤흔드는 '충격'이었을 것입니다. 어린 송촌이 겪었을 일입니다.

급경풍은 갑작스러운 소리를 듣거나, 기이한 사물을 보거나, 조심하지 않아 눈 깜작할 사이에 넘어지면서 '놀라는 것'으로 증상이 시작됩니다. 한의학에서는 급경풍의 원인을 경(驚), 풍(風), 담(痰), 열(熱)의 네 가지로 나눕니다. 이는 각각의 증상으로 나타나기도 하지만, 경 → 풍 → 담 → 열의 단계를 거치면서 점점 심해지기도 합니다.

주요 증상을 살펴보면, 경(驚)이 원인이 되면 의식을 잃고 헛소리를 하거나, 정신이 온전치 않아 놀라며 소리를 지르기도 합니다. 무서워서 가만히 있지 못하는 증상을 보입니다. 풍(風)이 원인이 되면 입을 꽉 닫거나 턱을 꼭 깨물고, 손발이 뻣뻣하게 굳고 뒷목이 굳으면서 몸이 활처럼 휘어집니다. 온몸을 부들부들 떨거나, 두 눈을 뚫어져라 쳐다보는 증상을 보입니다. 담(痰)이 원인이 되면 가래가 생기면서 숨이 가빠지고 입안 가득 거품을 물기도 합니다. 목에서 가래가 마치 톱질하는 소리를 내는 증상을 보입니다. 열(熱)이 원인이 되면 고열이 나면서 눈, 입술, 볼이 모두 붉어집니다. 손발이 굳으며 정신을 잃고 헛소리하는 증상을 보입니다.

급경풍을 적절하게 치료하지 못하면 만경풍(慢驚風)으로 진행됩니다. 만경풍의 증상은 때때로 손발이 축 늘어지면서 힘이 없어지고 몸이 바싹 마릅니다. 얼굴은 창백하면서 푸른빛을 보이고, 혼수상태에서 경련을 보이기도 합니다. 양손을 떨고, 눈은 꼭 감지 못하고 반쯤 떠지는 증상이 나타납니다. 바로 제가 진료한 실체 없는 환자, 어린 송촌의 모습입니다.

송촌에게 이러한 증상이 계속되자 아버지는 가족을 이끌

고 운산을 떠나 고향인 송산리로 돌아옵니다. 조용하고 평화로운 고향 마을에서 질병의 가장 큰 원인이 없어졌습니다. 그러면서 송촌은 기휼병원에서 받아다 주는 약을 7~8세가 될 때까지 복용했습니다. 이런 과정으로 어느 정도 몸이 회복된 다음 육체노동을 하는 어머니를 도와 가면서 송촌은 선천적인 허약함에서 조금씩 벗어났습니다.

건강을 회복하면서 송촌에게 찾아든 것은 죽음에 대한 관념이었습니다. 죽음을 직간접적으로 여러 번 겪으셨던 듯합니다.

송촌이 창덕소학교 때의 일입니다.

안개가 지고 고요하게 축복을 드리운 것 같은 이른 아침이었다. 뒷산을 넘어 학교로 가는 왼쪽 산 밑에서 종렵이라는 친구가 살고 있었다. 단 한 집이 있을 뿐이었다. 종렵이는 나보다 한 살 아래였다. 그런데 이날 아침, 종렵이네 집이 온통 울음바다로 가득 차 있는 것이 아닌가. 아늑하고 조용한 골짜기가 주로 부녀자들의 목소리인 울음으로 메아리치고 있었다. 나는 걸음을 멈추고 3, 40미터 떨어져 있는 종렵이네 집을 한참 동안 바라보다가 다시 발걸음을 옮겼다. 종일 우울한 하루를 보냈다. 그날 저녁 나는 어머니로부터 종렵의 어머니가 죽었다는 소식을 들었다. 나를 그렇게 위해

주고 여름 저녁이면 오이나 참외를 주기 좋아하던 종렵의
어머니가 죽었다는 것이다.[2]

송촌이 중학교 때 일입니다.

B(송촌의 신망소학교 때 첫사랑)가 옆 마을 가난한 농부에게 시
집갔다는 얘기를 들었다. 몹시 허전한 생각이 들었다. 그러
나 모든 것은 이미 결정된 운명이었던 것 같다. 내가 중학교
의 졸업반이 되었을 때 나는 B가 이미 죽은 지 1년이 넘었
다는 소식을 들었다. 첫아기를 낳다가 죽었다는 것이다. 나
는 인생이 허무하다고 느꼈다. 아직 나는 스무 살도 되지 않
았는데. 생각해 보면 내가 신망소학교를 떠난 뒤에는 한번
도 B를 만날 기회가 없었다. 찾아오려니 하는 막연한 그리
움만 있었을 뿐이었다. 지금도 B는 어느 진달래 피는 산 밑
에 잠들어 있을 것 같다.[3]

그해(송촌이 중학생이 되던 해) 정월 초하룻날 밤에 어머니가 꿈
을 꾸었다. 내가 혼자 두 손으로 무릎을 감싸고 앉아 있다가
그 모습 그대로 하늘로 올라가 버리고 마는 꿈이었다. 어머
니가 할머니에게 그 꿈 얘기를 했더니, 할머니는 원망스럽
다는 듯이 며느리인 어머니를 나무라셨다 한다. "장손이가

김형석 교수의 백세 건강

금년에는 죽을 꿈이다. 할 수 없지. 타고 난 팔자인 걸" 하면서 단념하는 자세였다는 것이다. 그런 사실을 알고 있었던 아버지가 나의 건강을 타진하기 위해 평소 친분이 있던 의사를 찾아갔던 것이다.

나는 졸업식이 끝난 뒤 며칠 동안 여러 가지 생각에 잠겨 있었다. 그런데 죽는다는 것은 무섭지 않았던 것 같다. 의식을 잃고 졸도해 있을 때는 일손을 멈추고 달려온 어머니가 나를 품 안에 안고 한숨과 더불어 눈물을 흘리고 있곤 했다. 내가 의식을 회복하고 눈을 떴을 때는 어머니의 눈물이 온통 내 얼굴에 젖어 있었다. 어머니는 내 얼굴을 쓰다듬어 주면서 "많이 아프지?" 하고 물었다. 나는 "아프지 않아"라고 대답했다. 나는 나 때문에 어머니가 저렇게 슬퍼하고 마음 아파할 바에는 차라리 일찍 죽으면 편할 것 같다는 생각을 하기도 했다. 어머니가 나를 100까지 사랑했기 때문에 나도 그 몇 분의 일이라도 보답하는 길이 무엇인가 하고 생각했던 것 같다.[4]

삶보다도 먼저 죽음을 생각하게 되었다는 사실 자체가 모순과 비극이 아닐 수 없었다. 그때 내가 어렴풋이나마 느낀 것은 죽음은 '슬픈 안식'이라는 생각이었다. 그 슬픔은 나를 아끼고 사랑하는 사람들에게 주어진 것이며, 안식은 나 자신을 위해 남겨진 길인 듯이 생각되었다. 내가 안식을 생각하게 된 데는 이유가 있다. 죽음을 가까이 경험해 본 무의식 상태에서 깨어날 때는 깊은 잠에서 깨어나는 것 같은 안식 상태를 느꼈기 때문이다.[5]

이렇게 송촌은 병약한 어린 시절을 보내며 삶보다도 먼저 죽음을 생각했습니다. 죽음을 '슬픈 안식'이라고 노래하던 그 '어린 시인'이 지금은 백세를 지나 세상에 등불을 밝히며 기적을 만들고 계십니다.

죽음은 인간이 자신의 나약함을 경험하는 순간입니다. 루소의 《참회록》에 있는 내용입니다.

우리는 생각하기에 앞서 경험한다. 이것은 인간 공통의 운명이다. 그러나 나는 누구보다도 이런 점을 더욱 많이 경험하였다. (중간 생략) 사물과 연관된 뚜렷한 생각은 갖지 못한 채, 한없는 감각은 나에게는 익숙했다. 이러한 혼란스럽게 계속되는 감정은 내 미래의 이성으로의 노력을 지연시키지는 않았다. 그러기는커녕 기발하고 낭만적인 인생의 개념을 더해 주었다. 그리고 그런 경험과 그에 따른 생각은 뿌리째 뽑아낼 수 없는 것이었다.

송촌은 병약한 소년이었기 때문에 더욱더 많은 것을 강렬히 느낄 수 있었습니다. 송촌은 자신도 모르게 삶을 어딘가에서 와서 뚜렷한 흔적도 없이 사라지는 허무하고 무의미한 먼지로 느낍니다. 사람은 건강할수록 적극적이고 외향적인 성격을 갖기 쉽지만, 병약할수록 소극적이고 내성적이 되기 쉽습니다. 송촌은 고독과 우수에 젖어 명상과 혼자와의 대화에 빠져듭니다. 신망소학교에서 창덕소학교로 옮겨 간 뒤에는 10리 길을 왕복 두 시간 동안 걸어서 등하교해야 했습니다. 송촌은 2년 동안 들과 산길을 걸으면서 무한히 많은 대화를 홀로 가졌습니다. 어느 때는 한 가지 주제를 놓고 아침과 저녁 두 차례에 걸쳐 대화로 꾸며 보기도 했습니다. 스스로 묻고 대답해 보는 때도 있고, 혼자서 생각을 정리, 전개해 보기도 했습니다. 처음에는 기나긴 시간을 보낼 길이 없어 시작한 버릇이었던 명상과 혼자만의 대화가 후에는 취미가 되었을 정도입니다. 그러면서 이것이 기발하고 낭만적인 인생의 개념을 더해 주게 됩니다.

일상생활에서 수화불교(水火不交)를 개선하는 방법으로 흔히 알려진 것은 명상법입니다. 명상은 긴장을 풀거나 종교적 또는 영적 목적을 위해 생각 속에서 시간을 갖고 마음을 고요하게 하는 과정입니다. 그 목표는 마음의 깨달음의 상태를 달성하고 영적 성장을 강화하는 것입니다. 명상의 첫 단계는 주의를 산만하게 하지 않기 위해 집중할 목표물이나 방법을 찾는 것입니다. 예를 들어 기도문이나 명언, 명구, 기타의 소리를 반복하여 청각화하는 방법, 십자가나 신체의 에너지 점(상단전, 중단전, 하단전)과 같은 것을 눈을 감고 시각화하는 방법, 양초, 꽃 또는 그림을 눈을 뜨고 응시하는 방법, 공기가 들어오고 나갈 때 드는 느낌을 관찰하는 호흡법 등이 있습니다.

송촌이 명상을 처음으로 터득하게 된 이유도 질병이었습니다. 어린 송촌은 초등학교도 가기 전에 눈을 앓았습니다. 송촌의 아버지가 볕이 밝은 곳으로 나가면 안 된다고 타일렀지만 송촌은 말을 듣지 않았습니다. 할 수 없이 아버지는 송촌을 물건을 넣어 두는 캄캄한 윗방에 잡아넣고는 저녁때까지 있으라는 엄명을 내리셨습니다. 송촌은 그날과 관련해 그렇게 지루하고 긴 하루를 살아 본 일은 이전에도, 지금까지도 없었던 것 같다고 고백합니다. 그날 어머니가 들어와 자리를 펴 주었기 때문에 그대로 누워 버렸다고 합니다.

눕기만 하면 남들은 전연 모르는 송촌만의 재미있는 일이 있었습니다. 두 눈을 감고 1~2분만 지나면 송촌의 눈앞이 가을 하늘과 같이 높아집니다. 이 일은 당시 송촌에게 마치 우주여행을 하는 것 같은 기분을 안겨 주었습니다. 한쪽으로부터 반대쪽으로 수없이 많은 여러 가지 모양의 빛을 가

김형석 교수의 백세 건강

진 것들이 줄을 지어 흘러가는 것입니다. 그 흘러가는 모양이 꼭 별똥이 흐르는 것 같아서 때로는 천천히 날아가는 모습으로 조정해 보기도 합니다. 캄캄한 하늘에 노란빛의 점들이 일정한 간격을 두고 무수히 많이 흘러갑니다. 한참 바라보다가는 다른 것들이 보고 싶으면 두 눈 위를 약간 비비면 모든 것이 일시에 사라집니다. 1~2분을 기다리면 이번에는 다른 불꽃들이 나타납니다. 옆으로 타원형에 가까운 불꽃들이 여러 줄로 행진을 해 갑니다. 그러다가는 그 모양이 빛깔과 더불어 약간 바뀝니다. 마치 소리 없는 새들이 흘러가는 것같이 모든 시야를 덮어 버립니다. 이렇게 2~30분씩 되풀이합니다. 그러다가 눈을 뜨면 아무것도 없이 사라져 버리고 맙니다. 송촌에게 우주와 신비로운 형상을 보여 주던 공간은 그대로 캄캄한 현실의 방 안으로 되돌아옵니다. 아직도 시간은 한없이 남아 있습니다. 이러한 유희는 얼마든지 계속할 수 있었습니다. 아버지의 벌을 유쾌한 유희로 바꾸는 것이었습니다.

송촌은 눈으로 보는 일이 싫증이 납니다. 그러면 다음은 귀로 듣습니다. 생각들을 다 내려놓고 깊이 귀를 기울이면 두 귓속에서 앵앵 소리가 들려옵니다. 마치 들에 나가서 구경했던, 추운 겨울에 울려 오는 전선 소리와 비슷합니다. 이 소리를 송촌이 원하는 내용으로 바꾸어 듣습니다. 혹은 슬픈 멜로디로 바꾸어 보기도 하고, 때로는 송촌을 찾는 어떤 벗이나 유령이나 아가씨의 곡조로 변화시켜 듣기도 합니다. 어느 때는 그대로 우주에 가득 찬 하모니와 멜로디로 들려오는 때도 있습니다. 얼마 후에는 끊겨 버리고 맙니다. 그러나 송촌이 원하기만 한다면 언제라도 들을 수 있습니다. 이것은 하루만의 일이 아닙니다. 그때는 언제 어디서나 즐길 수 있는 송촌만의 유희, 고독한 즐거움이었습니다. 친구가 없는 여름날 오후 낮잠을 깨고 난 뒤에는 으레 몇 십 분씩 즐기는 외로운 환상의 그림자들이었습니다.

송촌은 몇 사람들에게 이런 얘기를 해보았지만 같은 경험을 했다는 사람은 별로 없었습니다. 오히려 '저 친구 어려서부터 약간 돌았던 것 아닌가?' 하는 눈치를 보이기도 했답니다. 그 뒤 송촌이 내린 결론은 '선천적으로 지녔던 병약한 체질 때문이었다'였습니다.

이런 명상은 단지 영적인 경험일 뿐만 아니라 '뇌파'를 변화시킵니다. 뇌파는 뇌의 뉴런(신경계를 구성하는 단위)이 서로 통신할 때 생성됩니다. 그것들은 동기화된 전기적인 힘입니다. 어떤 생각을 하거나, 어떤 감정 상태에 있거나, 어떤 행동을 할 때마다 다양한 유형의 뇌파가 생성됩니다.

뇌파에는 알파파, 베타파, 감마파, 델타파, 세타파가 있습니다. 알파파(8~13Hz)는 더 깊은 마음 상태로 들어가면서 명상을 시작할 때 발생하는 가장 일반적인 뇌파입니다. 신경계를 진정시키고, 혈압과 심박수를 낮추며, 스트레스 호르몬의 생성을 낮추고 근육의 이완을 촉진합니다. 베타파(16~29Hz)는 두뇌가 어떤 행사를 계획하거나 한 가지 문제에 대한 숙고와 같은 목표 지향적 작업을 수행할 때 활성화됩니다. 깨달음을 얻게 하고 이해력을 향상시키며, 논리적 사고력을 높이고 대화 능력을 키웁니다. 감마파(30-80Hz)는 진지한 이해력과 관련이 있습니다. 불안, 두려움, 우울한 감정들과 이에 따르는 증상들을 줄이고 긍정적인 감정들을 증가시킵니다. 델타파(4Hz 미만)는 가장 깊은 수면 단계와 관련이 있습니다. 두 가지 노화 방지 호르몬인 DHEA와 멜라토닌의 생성을 증가시킵니다. 다른 사람들에 대한 깊은 동정심을 키우고, 사회적 이해력을 향상시켜서 갈등을 회피하게 하며, 빠른 치유를 촉진합니다. 세타파(4~7Hz)는 영적인 가르침에 따라 지혜에 이르게 하는 '제3의 눈'과 관련이 있습니다. 세타파는 샤워하기, 요리하기, 청소하기, 산책하기, 화초 돌보기 등과 같은 기계적인 작업을 수행할 때 현저하게 보입니다. 또한 공상 및 초자연적인 현상에도 나타납니다. 긍정적인 정신 상태를 제공하고 창의성을 고취시키며, 문제 해결 능력, 기억력, 이해력을 향상시키고 평온과 안정을 유지시킵니다. 명상하는 동안 뇌는 세타파를 현저하게 보여 줍니다.

　또한 명상 중에 뇌의 여러 부분이 특정한 방식으로 자극을 받습니다. 명상은 전두엽 영역에 있는 많은 양의 회백질과 관련이 있는데, 회백질이 많을수록 이해력과 정서적 안정성을 높일 수 있으며, 동정심과 자아 인식과 관련된 뇌 부분에 더 두꺼운 회백질을 형성합니다. 인간은 화가 나거나 겁이 나거나 불안해지면 전전두엽 피질이 부정적 자극을 받습니다. 명상은 본질적으로 전전두엽 피질에서 부정적인 강한 반응이 유발되지 않도록 하여 불안의 격심한 고통을 줄입니다. 또한 정서 및 감정의 기억과 관련된 편도체를 도와 외상이나 스트레스로부터 빠르게 회복하게 합니다. 한때는 추상적 개념이었던 명상이 최근의 많은 연구에서 그 메커니즘과 인간 뇌의 여러 부분에 미치는 영향에 대해 밝히고 있습니다.

　송촌은 아버지의 벌을 유쾌한 유희로 바꾸는 방법을 통해서 명상에 접근하게 되었습니다. 어린 나이에 잠들지 않고 정신을 집중하여 몇 십 분씩 명상을 유희로 즐겼다는 것은 놀라운 일이며, 자신의 당시 모습인 허약과 죽음이라는 관념에 접근하면서 '종교'라는 희망을 찾게 되었습니다.

　죽음 앞에서 자포자기할 수도, 초라해질 수도, 절망할 수도 있습니다. 누군가를 붙들고 의지하고 호소하고 싶어질 때도 있습니다. 그 누군가에게 의지하면 할수록 자신은 점점 더 작아집니다. 그리고 세례 요한과 같은 기도를 드릴 수밖에 없습니다.

"사람은 하늘이 주시지 않으면 아무것도 받을 수 없다"(요 3:27).

"그분은 더욱 커지셔야 하고 나는 작아져야 한다"(요 3:30).

죽음으로의 선구는
삶을 새롭게 합니다

세상에서 가장 중대한, 그러면서도 근본적인 문제가 있다면 존재가 비존재로 화하는 것, 즉 죽음의 문제일 것입니다. 사람은 태어난 이상 누구나 죽게 되어 있습니다. 지금 여기에 존재하던 것이 어느 순간 사라져 무(無)로 바뀌며, 삶이 죽음으로 변한다는 것은 너무나 놀라운 일입니다. 또한 죽음은 지위가 높든지 낮든지, 부유하든지 가난하든지 상관없이 어느 누구도 피할 수 없는 관문입니다. 의학의 발달로 기대 수명은 해마다 늘어난다지만, 그렇다 해도 인간이 영원히 살 수는 없는 일입니다.

죽음 이후의 세계에 대해서는 아무도 모릅니다. 아직까지 그 문을 지났다가 돌아온 사람은 없습니다. 그렇기에 누군가는 그쪽이 이쪽보다 훨씬 좋을 것이라는 추측을 하기도 합니다. 프랑스의 작가 베르나르 베르베르는《타나토노트》에서 종교적, 신화적인 상상력을 통해 사후 세계를 현실의 모습으로 표현하고자 했습니다. 뛰어난 작가적 상상의 세계를 과학적 예언자의 예언이길 기대하면서 책을 읽었던 기억이 있습니다.

어쨌든 죽음은 우리 삶의 모든 것을 한순간에, 그것도 철저히 빼앗아 가 버리고 맙니다. 여기에는 한 사람도 예외가 없습니다. 한번은 공자의 제자 자로(子路)가 귀신 섬기는 일을 여쭈어보자 공자가 이렇게 답했다고 합니다.

"아직 사람도 능히 섬기지 못하는데 어찌 귀신을 섬길 수 있으랴?"

자로가 또 물었습니다.

"그러면 죽음은 어떠하나이까?"

공자는 답했습니다.

"아직 삶도 모르는데 어찌 죽음을 알 수 있으랴?"

이 대화는《논어》'선진 편 11장'에 등장합니다. 자로는 정의파이며 실천가였습니다. 죽음과 철학을 생각하는 이상주의자이기보다는 현실주의자에 가깝습니다. 마음에 옳다고 생각한 것은 잠시의 머뭇거림도 없이 곧바로 행동으로 옮기는 사람입니다. 그런 자로마저도 죽음과 사후에 대해

의문을 품고 스승 공자에게 물어본 것입니다.

'형체도 없는 귀신은 왜 섬겨야 하는가?', '귀신은 있는 것인가?', '사람의 사후는 어떻게 되는 것인가?' 이것이 자로가 질문한 요점입니다. 공자의 대답은 '인사(人事)를 터득하면 사후가 무엇인지도 능히 깨달을 수 있고, 삶을 제대로 알게 되면 죽음에 대하여도 자연히 알게 된다'는 말의 반어적 표현이라고 생각합니다. 우리에게는 공자 같은 성인의 깨달음을 얻기 전에는 다다를 수 없는 멀고 먼 경지일 뿐입니다.

죽음에 대하여, 좀 더 현실적으로는 스티브 잡스의 스탠포드대학에서의 졸업 축하 연설이 더 생생하게 우리에게 와닿을 듯합니다.

제가 17세 때 다음과 같은 글을 읽었습니다. '매일을 인생의 마지막 날처럼 살아간다면 언젠가는 당신이 분명히 올바르게 살았다는 것을 알게 될 것이다.' 이 글은 제게 감동을 줬습니다. 그 뒤로 33년을 살아오는 동안 저는 매일 아침 거울을 보면서 스스로에게 물었습니다. '오늘이 내 인생의 마지막 날이라면 오늘 하려는 이 일을 하겠는가?' 연속해서 '아니'라는 답이 나올 때마다 저는 무엇인가를 바꾸어야 할 필요가 있다는 것을 알게 됐습니다.

모든 것이 곧 죽는다는 사실을 기억하는 것, 그것은 인생의 중대한 선택을 도운 그 모든 도구 가운데 가장 중요한 것이었습니다. 왜냐하면 외부의 기대와 개인적 자부심, 망신 또는 실패에 대한 두려움 등 거의 모든 것이 죽음 앞에서는 퇴색하고 진정으로 중요한 것만 남기 때문입니다. 자신이 죽는다는 사실을 상기하는 것은, 무엇을 잃을지도 모른다는 두려움을 피하는 가장 좋은 방법입니다. 그때 우리는 이미 알몸입니다. 가슴을 따르지 않을 이유가 없습니다.

저는 1년 전쯤 췌장암 진단을 받았습니다. 수술을 받았고 감사하게도 지금은 완치되었습니다. 죽음의 문턱까지 갔다 온 경험이었습니다. 이 경험으로 저는 더 확실하게 죽음에 대해서 말할 수 있습니다. 죽음은 단지 유용하다거나 지적인 개념이 아닙니다. 누구도 죽길 원하지 않습니다. 심지어 천국에 가기를 원하는 사람조차도 그곳에 가기 위해 죽고 싶어 하지는 않을 것입니다. 그리고 여전히 죽음은 우리 모두가 공유해야 하는 최종 목적지입니다. 그 누구도 피하지 못했습니다. 또 그렇게 되어야만 합니다. 왜냐하면 죽음은 삶이 만든 단 하나뿐인 최고의 발명품이기 때문입니다.

죽음은 인생을 변화시키는 매개체입니다. 죽음은 새로운 것들에게 길을 터 주기 위해 낡은 것들을 없애 버립니다. 지금 새로운 것은 바로 여러분입니다. 그러나 머지않은 어느 날 여러분은 점차 늙어 사라질 것입니다. 이야기가 다소 극적이었다면 죄송하지만, 이것은 엄연한 사실입니다.

여러분의 시간은 제한돼 있습니다. 따라서 다른 사람의 삶을 사느라 시간을 헛되이 보내지 마세요. 타인의 생각이 만든 결과물로 사는 교조주의에 빠지지 마십시오. 소음뿐인 남들의 의견이 당신 내면의 목소리를 삼키게 하지 마세요. 그리고 무엇보다 중요한 것은 여러분의 가슴과 직관을 따르는 용기를 가져야 합니다. 여러분의 가슴과 직관은 자신이 진정으로 되고 싶어 하는 것이 무엇인지 이미 알고 있습니다. 그 외의 모든 것은 부차적인 것입니다.

스티브 잡스의 이 연설문을 읽거나 들은 사람은 하이데거의 《존재와 시간》을 떠올릴지 모릅니다. 하이데거에게 자아는 주어진 세계 속에 '내던져진 존재'입니다. 자아란 목적이나 뜻이 있어서 태어난 것이 아닙니다. 그러면서도 자아를 둘러싸고 있는 존재하는 세계에 항상 어떤 관심을 갖지 않을 수 없습니다. 그 관심의 하나가 불안입니다.

하이데거가 지적하는 인간적 삶의 실상은 존재론적인 불안입니다. 아무리 인간이 양심적 결단을 내리고 스스로의 존재를 영원한 것으로 만들고 싶어 하지만 그것은 헛된 노력입니다. 죽음이 앞으로 다가올 때는 모든 존재의 노력은 허무해지고 맙니다. 다가오는 죽음에 대한 선택과 결단, 이

김형석 교수의 백세 건강

런 노력을 끝없이 계속해 가는 것이 인간 삶의 모습입니다. 이런 선택과 결단은 누구도 회피하거나 무관할 수 없는 삶의 실상입니다.

이 불안을 해소하기 위해 미리 죽음의 상황으로 가 보는 것이 필요할 수도 있습니다. 이것을 '죽음으로의 선구(先驅)'라고 합니다. '오늘 내가 죽는다'는 가정을 해 보는 것입니다. 이때 나는 그동안의 삶을 후회하며 회한에 젖을 수도 있습니다. 만약 다시 살게 된다면 어떻게 살 것인가 성찰할 수도 있습니다. 찰스 디킨스의 소설 《크리스마스 캐럴》에 나오는 스크루지는 꿈을 통해서 죽음으로의 선구를 경험했습니다. 돈 욕심이 아주 많던 그는 사람들에게 인색하게 대했지만, 어느 날 밤 꿈을 통해 자신의 과거, 현재, 미래를 한꺼번에 본 뒤 깨달음을 얻고 베푸는 삶을 살게 됩니다.

공자의 제자 자로, 스티브 잡스, 스크루지의 경우처럼 죽음으로의 선구는 새로운 삶을 만들게 합니다. 즉 죽음으로의 선구가 삶의 소중함을 일깨워 주고, 어떻게 살아야 할지에 대한 자각을 하게 합니다. 죽음을 '슬픈 안식'이라고 노래하던 어린 시인 송촌도 죽음으로의 선구를 경험했습니다. 그리고 마을 뒷산에 올라가서 소나무 밑 바윗돌이 파인 곳에서 세상에 태어나서 처음, 기도다운 기도를 드렸습니다.

하나님! 저에게 건강을 허락해 주시면 저는 저를 위해서가 아니고 하나님의 일을 위해서 건강 모두를 바치며 살겠습니다.[6]

송촌은 기독교 신앙을 갖게 됐습니다. 종교와 건강은 어떤 연관성이 있을까요? 종교는 개인의 행동이나 삶의 방식, 가치관 등에 의미를 부여하는 가장 중요한 문화적 요소라는 것이 일반적 생각입니다. 그러므로 신학자, 과학자, 사상가들은 수 세기 동안 종교가 정신적으로나 육체적으로나 인간에게 미칠 수 있는 영향을 이해하려고 시도해 왔습니다. 하지만 종교의 선택에서의 차이, 개인의 신앙의 깊이와 방향의 차이에 따르는 객관화의 어려움 때문에 결과를 도출하는 데 많은 어려움이 따르는 것이 사실입니다.

하지만 대부분의 연구에 따르면 종교적 참여는 불안, 우울증, 자살 감소 등을 포함하여, 장수, 시련에 대한 대처 기술 및 건강과 관련된 삶의 질(말기 질병 중에도)에 긍정적인 영향을 끼친다는 것입니다. 또한 환자의 종교적 욕구를 충족시키는 것이 질병으로부터의 회복을 향상시킬 수 있습니다. 더 높은 능력에 대한 믿음, 즉 신앙이 긍정적인 형식으로 건강과 관련되어 있다고 믿을 만한 충분한 이유가 있습니다.

송촌은 고향 뒷산에 올라가서 소나무 밑 바윗돌이 파인

곳에서 세상에 태어나서 처음으로 기도를 드렸습니다. 그렇다면 기도와 건강은 어떤 연관성이 있을까요? 먼저 기도는 특별한 형태의 명상이므로 명상과 관련된 모든 건강상의 이점이 있습니다. 불안, 우울증, 조현병, 강박 장애, 지연성 운동 이상증, 허혈성 심장질환, 심부전, 파킨슨병, 심지어 암을 포함하여 수많은 질환에서 임상적으로 의미 있는 치료 효과가 관찰되었습니다. 기도는 '위약효과'(placebo effect)와 동등한 결과를 보입니다. 기도와 치유의 맥락과 관련하여, 위약 효과는 낙관주의, 치유 효과에 대한 기대, 동기 부여와 같은 개인의 성격 특성 및 행동에 의해 영향을 받습니다.

또한 기도는 절대자의 개입으로 인해 유익한 결과를 얻을 수 있습니다. 그러한 가능성에 대한 고려는 과학적으로 기괴한 것처럼 보일 수 있지만, 지구상에서 사람들이 질병 가운데 있을 때 증상 완화를 위해 기도한다는 것을 부정할 수는 없습니다. 기도를 통한 치유, 종교 의식을 통한 치유, 순례 장소에서의 치유 및 이와 관련된 형태의 중재를 통한 치유는 많은 종교에서 확립된 전통입니다.

예를 들어 이 순간 말기 질환으로 고통받는 환자를 위해서 기도를 드린다면 이런 내용일 것입니다. "하나님, 우리는 너무 잘못 살았습니다. 나와 내 가족이 전부인 줄 알았습니다. 우리 눈앞에 있는 것이 가장 중요한 줄 알았습니다. 하지만 이제는 알게 해 주셨습니다. 나와 내 가족을 사랑해 주는 이웃이 이렇게 많았고, 이제까지 우리가 보지 못 했던 세상이 더 크다는 것을 깨우쳐 주심에 감사합니다. 주님, 많이 늦었다는 것을 잘 알고 있습니다. 하지만 주님께서는 하고자 하면 하실 수 있음도 잘 압니다. 주님께서 아무 보잘것없는 우리에게 베푸신 사랑을, 그동안 소홀히 대했던 이웃과 나눌 수 있는 시간을 조금 더 허락해 주심에 감사합니다. 예수님의 이름으로 기도드립니다. 아멘!"

기도는 '희망'에 대한 한 가지 표현 방식입니다. 희망은 자신의 삶이나 세상의 사건과 상황에 대한 긍정적인 결과를 기대하는 낙관적인 마음 상태입니다. 확신을 갖고 기대할 뿐 아니라, 그 기대감을 소중히 여기는 것입니다. '긍정 심리학'의 전문가인 스나이더(C. R. Snyder)는 희망과 용서가 어떻게 건강, 일, 교육 및 개인적 의미와 같은 삶의 여러 측면에 영향을 미칠 수 있는지 연구했습니다. 그는 희망적인 사고를 구성하는 다음의 세 가지 주요 사항을 전제로 했습니다.

목표 : 목표 지향적인 방식으로 삶에 접근하기
경로 : 목표를 달성하기 위한 다양한 방법 찾기
매개체 : 변화를 유도하고 그 목표에 달성할 수 있다고 믿기

김형석 교수의 백세 건강

다시 말해서 희망은 원하는 목표를 향한 경로를 이끌어 내고, 그 경로를 사용하려는 선택 의지를 통해 스스로 동기를 부여하는 지각된 능력입니다. 스나이더는 이 세 가지 요소를 깨닫고 자신의 능력에 대한 믿음을 키울 수 있는 사람은, 분명한 목표를 설정하고, 그 목표를 향한 여러 가지 실행 가능한 경로를 상상하며, 장애물의 방해를 받을 때도 인내할 수 있는 희망적인 사람들이라고 주장합니다.

희망, 특히 '구체적 희망'은 질병의 회복 과정에서 중요한 요소로 나타났습니다. 그것은 환자에게 강력한 심리적 이점으로 작용하여 질병에 효과적으로 대처할 수 있도록 도와줍니다. 예를 들어 희망은 욕심 내려놓기, 과거 습관 반성하기, 식이·생활 조절하기, 운동하기 등 회복을 위한 건강한 행동을 하도록 자극하는 역할을 합니다. 이러한 행동은 사람들의 질병 회복력을 향상시킬 뿐만 아니라 질병이 발생하는 것을 막아 줍니다. 희망의 수준이 높은 환자는 생명을 위협하는 질병에 대한 예후가 개선되고 삶의 질이 향상됩니다. 희망의 핵심 요소인 믿음과 기대는, 엔도르핀(endorphins)을 방출하고 모르핀의 효과를 모방하여 만성 질환을 앓고 있는 환자의 통증을 차단합니다. 결과적으로, 이 과정을 통해 믿음과 기대는 인체에서 연쇄 반응을 일으켜 만성 질환으로부터 회복될 가능성을 높일 수 있습니다.

이렇게 송촌은 질병으로부터 나을 수 있다는 희망을 갖고 기도를 드리며 신앙의 길로 한 걸음 더 나아가게 됐습니다. 이 기도는 송촌의 삶을 전환시킨 순간의 일입니다. 송촌께 왜 이런 기도를 드렸는지 질문을 드린 적이 있습니다. 그때 송촌은 이렇게 대답해 주셨습니다.

"이 기도를 드릴 때는 초등학교를 졸업하고 중학교에 입학하기 전이었어요. 나는 너무 허약했어요. 나는 남들과 같이 오래 살 자신이 없다고 생각했고, 어떻게 보면 죽음이 아주 가까이 올지도 모른다는 생각에 사로잡혀 있었어요. 절망에 빠져 드린 기도였어요. 이 기도가 내 삶에서 하나님께 의존하는 첫 고백이었어요. 마치 사나운 짐승에게 쫓기던 토끼가 자력으로는 어떻게 할 수 없는 담장을 뛰어넘는 것과 같았어요."

"그럼 이 기도가 선생님의 일생을 바꾼 전환점과 같은 것일까요?"

"내가 14살 났을 때 그런 마음을 가지고 인생을 시작했고, 신앙을 시작했는데, 지금도 그렇습니다. 사람들이 '언제까지 오래 살면 좋은가?' 하고 물어봅니다. 내가 신앙인이기 때문에 하는 말은 아닙니다. 내가 생각하기에는 일할 수 있고 다른 사람에게 작은 도움이라도 줄 수 있을 때까지 살았으면 좋겠어요. 일도 더 못 하고, 다른 사람의 도움을 받는 것은 내가 원하는 것은 아닙니다. 일할 수 있는 그때까지 살았으면 좋겠어요."

제가 송촌께 여쭈었습니다.

"지금은 어떤 마음으로 기도하세요?"

"14살 때 기도드린 마음과 똑같습니다. 지금도 건강 주실 때까지는 일하지만, 일을 더 못 하게 됐을 때는 내 인생을 주님께 맡길 수밖에 없습니다. 하나님의 나라를 위해서, 진리를 위해서 소중한 사명을 가져야 합니다. 나에게 신앙은 항상 새로 태어나는 것입니다. 예수님과 더불어 항상 새롭게 태어나지요. 그래서 영원한 하나님 나라 건설에 이바지합니다. 신앙 속에 사는 사람이 영원을 소유할 수 있습니다. 해가 진 뒤에도 가질 수 있는 것을 남기는 것이죠. 14살 때 마음의 연장인데, 살면서 거듭거듭 느껴요. 나이 들수록, 더 많은 사람을 사랑할수록 더 풍부하게 되죠. 자기의 한계를 알고 무로 돌아가는 것은 절망이지만, 삶의 의미가 살아 있으면 희망이에요. 그러니까 절망이 희망으로 바뀌는 순간 삶의 차원이 달라져요. 내가 나를 위해서 하는 일은 남는 것이 없어요. 그러나 더불어 사는 것은 행복해요. 이웃과 역사와 하나님의 나라를 위해서 사는 것은 남죠. 그래서 하나님의 나라가 이뤄지는 것이죠. 우리 인류 속에 하나님의 나라가 있고, 역사의 현재 속에 하나님의 나라가 있는 거예요."

철학적 사색은
삶을 건강하고 풍요롭게 합니다

죽음으로의 선구는 '존재론적 불안'을 극복하는 길을 찾는 노력 중 하나입니다. 카를 야스퍼스는 존재론적 불안을 극복하기 위해 '초월자'(超越者)라는 형태로 접근합니다. 그가 제시한 초월자는 인류 역사상 끼친 영향의 범위나 깊이에 있어서 도저히 다른 이들과 비교할 수 없는 네 사람의 비범한 인물입니다. 우리가 흔히 말하는 4대 성인으로, 소크라테스, 공자, 석가모니, 예수입니다. 이들에게서 모범적인 기준을 찾을 수 있다면, 그래서 그들의 삶에서 배우고 깨달을 수 있다면 존재론적 불안을 넘어, 삶의 의미와 실존의 가치를 찾아갈 수 있을 듯합니다.

네 사람은 모두 현재 자신의 삶과 환경에 안주하지 않고 넘어서는 길을 보여 줍니다. 그러면서 그 시대의 변화를 요구하며 변형의 과정을 통한 새로운 삶을 보여 줍니다. 이 과정이 그들에게는 자각, 깨달음, 거듭남입니다. 소크라테스는 무지한 인간이라는 자각에서 오는 사고의 변화를 요구했습니다. 공자는 단순한 배움 이상의 군자(君子)의 삶을 제시했습니다. 석가모니는 생로병사의 고해를 건너는 해탈의 길을 제창했고, 예수는 거듭남을 통해 하나님의 뜻인 '사랑을 실천하라'고 가르쳤습니다.

변화를 요구하는 것, 삶을 제시하는 것, 길을 제창하는 것, 사랑의 실천을 가르치는 것은 어리석은 군중에게는 분노와 비난의 대상이 되기 쉽습니다. 그래서 네 사람은 조국과 고향에서 배척을 당했다는 공통점이 있습니다. 공자는 자신의 조국인 노(魯)나라를 떠나 13년 동안이나 떠돌아다녀야 했습니다. 이러한 사정은 석가모니도 마찬가지입니다. 불교는 세계 3대 종교 가운데 하나로 그 교세가 성장했지만, 정작 교조 석가모니가 태어난 인도에서는 지금도 불교 대신 힌두교를 믿는 사람이 훨씬 많습니다.

또한 그리스 아테네 출신의 소크라테스는 젊은 시절부터 야심 찬 정치가들에게 계속 미움을 받았고, 결국 동족인 아테네 시민들의 고소와 재판에 의해 사형을 당했습니다. 그런데 소크라테스는 아무런 고조된 감정이나 분노의 기색도 없이 의연하게 일흔의 나이로 죽었습니다. 그는 마치 죽는 방법을 알고 있었던 사람 같았습니다. 태연하게 독약을 마셨고, 죽음 너머로의 새로운 탐구를 시작하는 것 같았습니다. 그런데 이러한 죽음이 없었다면 그는 인류를 뒤흔들어 놓는 소크라테스가 될 수 없었을 것입니다. 플라톤과 그의 제자들도 그의 위대함을 깨닫지 못했을 것입니다. 그의 죽음을 목격했던 친구들에게 그렇게 오랫동안 생생한 기억을 줄 수 없었을 것입니다.

예수 역시 같은 민족인 유대인들, 제사장, 율법학자, 바리새파 사람들에게 핍박을 받고, 결국 그들의 고소로 서른세 살의 젊은 나이에 십자가에 못 박혀 죽었습니다. 물론 형식상으로는 로마의 총독 빌라도에게 십자가형을 받은 것으로 되어 있지만, 그를 죽이라고 소리 높여 외친 사람들은 동족이었습니다. 이와 같은 죽음이 없었다면 예수는 부활하지도, 그리스도가 되지도, 신앙의 대상이 되지도 못했을 것입니다. 즉 소크라테스와 예수는 죽음을 통해서 지금 우리에게 남아 있을 수 있었습니다.

그렇다면 조국과 고향에서 배척을 당한 네 사람은 어떻게 원수, 원한, 보복, 미움의 문제를 해결했을까요? 그중 가장 극단적인 대답은 "원수를 사랑하라"고 가르친 예수입니다. 공자는《논어》'헌문 편 26장'에서 "원한은 올바름으로 갚고 은덕은 은덕으로 갚으라"고 말했습니다. 소크라테스는 《크리톤》에서 "우리는 어떤 경우에라도 보복을 하거나 악을 악으로 갚아서도 안 된다는 데에 동의했네. 그 사람이 우리에게 어떤 악행을 저지르더라도 말이네"라고 했습니다. 석가모니는 원증회고(怨憎會苦), 즉 미워하는 사람을 만나는 고통은 피할 수 없는 것임을 깨닫고, 올바른 수행 생활로 열반과 해탈에 이를 수 있음을 가르쳤습니다. 답변이 동일하지는 않지만 네 사람의 가르침에는 '인간애'라는 공통점이 있습니다.

대체로 네 성인의 가르침은 대동소이합니다. 공자는 자애를, 석가모니는 자비를, 소크라테스는 진리를, 그리고 예수는 사랑을 가르쳤습니다. 근본적인 가르침의 뜻은 거의 동일합니다. 즉 다른 시대 다른 장소에서의 가르침이었지만, 그들은 한결같이 인본주의(人本主義)와 휴머니즘(humanism)을 이야기합니다.

예수를 제외한 세 사람은 대체로 장수를 했습니다. 소크라테스는 70세, 석가모니는 80세, 공자는 73세까지 살았습니다. 사마천의 《사기》 제17권 〈공자세가〉에서 그 시대의 개략적인 수명을 엿볼 수 있습니다. 공자는 아들 이(鯉)를 낳았습니다. 자(字)는 백어(伯魚)이고 50세에 공자보다 먼저 죽었습니다. 백어는 급(伋)을 낳았습니다. 자는 자사(子思)이고

62세에 죽었습니다. 자사는 백(白)을 낳았습니다. 자는 자상(子上)이고 47세에 죽었습니다. 자상은 구(求)를 낳았습니다. 자는 자가(子家)이고 45세에 죽었습니다. 자가는 기(箕)를 낳았습니다. 자는 자경(子京)이고 46세에 죽었습니다. 자경은 천(穿)을 낳았습니다. 자는 자고(子高)이고 51세에 죽었습니다. 공자의 집안에 장수하는 내력이 있어 보이지는 않습니다. 자사만 회갑(回甲)을 한 것으로 보면 공자는 상당히 장수했다고 볼 수 있습니다.

네 성인의 참모습은, 그들이 인간적인 경험과 한계를 가진 유한성에서 시작했다는 점입니다. 유한한 인간으로서 유한성을 초월하는 진리를 제시한 분들입니다. 불완전한 인간이 보여준 불완전을 초월하는 진리, 이것이 카를 야스퍼스의 '초월자'의 개념입니다.

송촌은 철학을 80년 넘게 연구하며 생활화하고 계십니다. 송촌이 우리에게 철학을 강조하며 철학에 관심을 가졌으면 하고 바라시는 것은, 그분의 삶이 철학으로부터 정신적 양식을 얻었기 때문일 것입니다. 그렇게 얻어진 정신적 양식이 바로 육체적 건강으로 표현될 수 있는 것임을 100년의 세월을 통해 몸소 체득하셨기 때문일 것입니다. 철학은, 다른 학문들을 통해서는 그 학문 자체에서는 바로 얻을 수 없는, 삶의 지표와 가치를 연구하고 제시하는 학문입니다. 그렇기 때문에 삶의 의미를 추구하는 이들의 친구가 되며, 그 속에서 찾아낸 건전한 정신적 사유의 실행을 통해 건강한 육체적 활동이 이루어질 수 있는 바탕이 될 수 있습니다.

'철학은 너무 어렵다'는 비난을 쉽게 받습니다. 그것은 철학 자체의 어려움보다는 인생의 어려움이며, 더욱이 건강한 인격체로서의 삶을 지속하는 것이 그만큼 곤란하다는 말입니다. 진리와 진실이 언제나 숨어 있을 것이라는 두려움 때문에, 그것을 추구하고 성장시켜 가는 것이 쉽지만은 않을 것이라는 섣부른 포기이기 때문입니다. 인생을 쉽고 재미있게만 살고 싶어 하는 사람들에게는 철학에서 그런 즐거움을 찾기는 쉽지 않을 것입니다. 그러나 가치 있고 보람 있는 노후의 삶을 준비하고 싶다면, 철학적 사유는 즐거움을 더하며 삶을 풍요롭게 해 주는 든든한 기반이 될 것입니다.

학문을 학문답게 하려면 철학적 사색에 도달하지 않을 수 없고, 철학적 사색의 깊이가 깊을수록 신체적인 체력의 향상도 느낄 것입니다. 이렇게 마련된 정신과 육체의 튼튼한 기반 위에서 학문을 한다면 그 학문의 완성도가 높아질 것이며, 사업을 한다면 그 사업이, 정치를 한다면 그 정치적 지도력이 예술에서 추구하는 아름다움이 될 것입니다. 그런 의미에서 자기 철학이 없는 사람은 인간다운 삶을 영위하는 것도, 사회 어떤 분야에서든 올바른 방향성을 가진 지도가

가 되는 것도 어려울 것입니다.

　나를 사랑한다는 것은 나를 찾아간다는 것입니다. 우리는 낯선 곳으로 여행을 떠날 때 여행 안내 책자를 준비합니다. 마찬가지로 인생의 길을 가는 데 철학은 훌륭한 가이드북이 될 수 있습니다. 나를 찾아가는 것은 철학의 길입니다. 철학을 통해 내 인생과 삶의 의미를 찾아 남길 수 있습니다. 그래서 철학은 누구에게나 필요합니다. 철학이 없는 사회는 정신적 빈곤과 사회적 혼란을 면치 못하게 될 것입니다.

　철학에서 중요한 것은 지식을 많이 알게 되는 것보다는 문제의식을 갖는 것입니다. 이것이 철학을 공부하는 좋은 출발입니다. 가다가 강을 만나면 수영을 해서 건널 수도, 배를 만들어 건널 수도 있습니다. 평지에서는 걷고, 산을 만나면 오르고, 물을 만나면 건넙니다. 어떻게 걷고, 오르고, 넘는가 하는 방법은 생활에 있는 것이지 지식에 있는 것이 아닙니다. 지식의 축적이 지혜가 되고, 지혜의 실천이 건강한 삶을 향유하며 일하는 백세 건강의 초석이리라 생각합니다.

　　　　　　　　　　　　　　　김형석 교수의 백세 건강

인생의 목적은 장수가 아니라
진리의 발견이어야 합니다

다음은 송촌의 기록입니다.

"건강과 장수의 비결이 뭔가요?"

90세보다 백세에 가까워졌을 때 가장 많이 받는 질문이다.
신체적 건강은 의사들이 도와주는 것이기 때문에 나 같은
사람이 도움을 줄 수는 없다. 나는 건강에 너무 많은 관심을
쏟는 것도 좋지는 않으나 너무 관심을 갖지 않는 것도 옳지
않다고 생각한다. 건강 자체가 인생의 목적은 아니기 때문
이다.

사실 나는 남달리 건강하지 못한 어린 시절을 보냈다. 한때는
나를 사랑하는 부모와 가족들까지도 내 건강에 대해서는 단

넘했을 정도다. 스무 살이 될 때까지는 항상 신체적 건강에는 자신이 없었다. 그러니까 내 건강을 위해서는 신체적 과로나 무리는 하지 않았다. 안 했다기보다는 못 했을 정도였다. 신체적 절제라고 할까. 조심조심 살아왔다. 그것이 습관이 되어 지금도 신체나 정신적 무리는 하지 않는다. 그것이 장수의 한 비법이 되었는지 모른다.

50고개를 넘기면서야 정상적인 건강에 자신을 찾았다. 그래도 90을 넘긴 지금도 무리는 하지 않는다. 할 수 있는 일의 90퍼센트까지만 책임을 맡는다. 10퍼센트정도는 항상 여유를 남겨 둔다. 언제든지 하고 싶은 때는 일을 할 수 있도록 여유를 갖고 산다.

(중간 생략)

오직 내가 얘기하고 싶은 것은 '일을 사랑하고 열심히 일하는 동안은 그 일 때문에, 또 일을 성취시켜 나가는 기간에 어떤 에너지 같은 것이 작용해 건강을 돕지 않았는가?' 하는 생각이 든다.

나는 지금도 신체적 건강과 정신적 건강은 상호작용을 한다고 믿고 있다. 젊었을 때는 신체적 건강이 정신적 건강을 이끌어 주나, 나이 들면 정신적 책임이 신체적 건강에 더 큰 영향을 주는 것 같다. 스트레스의 경우라든지 노이로제의 문제 등은 더욱 그렇다. 그런데 신체적 건강과 정신적 건강을 합친 인간적인 건강도 인정하면 좋을 것 같다. 일을 사랑하고 위한다는 것은 인간적 과제에 속한다. 어떤 사명감을 갖고 산다든지 긍정적인 사고와 희망을 창출해 내는 노력 같은 것은 인간 전체적 기능과 역할에 속한다고 보아도 좋을 것이다. 뚜렷한 목적을 갖고 사는 사람과 아무 목적도 없이 사는 사람이 같을 수는 없다. 그런 배경을 인정한다면 '일을 사랑하는 사람이 건강해진다'는 생각도 잘못은 아닐 것이다. [7]

"뚜렷한 목적을 갖고 사는 사람과 아무 목적도 없이 사는 사람이 같을 수는 없다"라는 구절은 송촌의 건강과 장수에 대한 이해에 있어서 중요한 명제 중 하나인 듯합니다. 소크라테스는 "되는 대로 사는 삶은 가치가 없는 것처럼, 심사숙고하지 않은 생각 역시 소유할 가치가 없다"라고 주장했습니다. 이 주장은 곧, "자신의 생각을 심사숙고하는 것이 가치 있는 삶을 주도하는 시작이다"라는 의미일 것입니다.

가치 있는 삶을 위해서 무엇을 심사숙고해야 할까요? '뚜렷한 목적'은 무엇일까요? '신체적 건강'과 '정신적 건강'을 합친 '인간적인 건강'을 성취할 수 있게 하는 것. 소크라테스, 예수, 부처, 공자가 찾으려고 노력했던 것. 그것은 무엇일까요? 저는 그것이 소크라테스, 부처, 공자, 그리고 송촌의 장수를 이룬 '바탕 힘'이었다고 생각합니다. 즉 장수를 하려고 일부러 어떤 행동을 한 것이 아니라, 그 행동을 하는 과정에서 장수는 자연스럽게 따라 온 현상이었던 것입니다. 예수님도 원했다면 장수를 하실 수 있었겠으나, 우리가 생각하기에 '장수'는 예수님이 바라시는 일은 아니었을 것입니다.

우리의 생각을 심사숙고하게 하고, 가치 있는 삶을 주도할 수 있도록 해 주는 것의 '문'을 《중용》에서 두드려 보겠습니다. 《중용》의 시작 글입니다.

천(天)이 명(命)하는 것, 그것을 일컬어 성(性)이라고 하고, 성을 따르는 것, 그것을 일컬어 도(道)라 하고, 도를 닦는 것, 그것을 일컬어 교(敎)라고 한다. 도는 잠시라도 떠날 수 없는 것이다. 떠날 수 있는 것이라면 그것은 도가 아니다.

"천(天)이 명(命)하는 것, 그것을 일컬어 성(性)이라고 한다."

하늘이 명령하는 것은 천성(天性), 인성(人性), 본성(本性)입니다. '하늘이 무엇을 우리에게 명령하며 가르쳐 주었는가?'를 요한복음의 시작 글을 참고해 보겠습니다.

"한처음, 천지가 창조되기 전부터 말씀이 계셨다. 말씀은 하느님과 함께 계셨고 하느님과 똑같은 분이셨다. 말씀은 한처음 천지가 창조되기 전부터 하느님과 함께 계셨다. 모든 것은 말씀을 통하여 생겨났고 이 말씀 없이 생겨난 것은 하나도 없다. 생겨난 모든 것이 그에게서 생명을 얻었으며 그 생명은 사람들의 빛이었다. 그 빛이 어둠 속에서 비치고 있다. 그러나 어둠이 빛을 이겨 본 적이 없다"(요 1:1-5).

하늘의 명령은 '말씀'입니다. 시간의 처음부터 말씀, 하나님, 빛은 우리와 함께했으며, 우리는 말씀을 통하여 생겨났습니다. 빛을 비추시는 하나님이 계시기에 우리는 어둠을 이겨 냅니다.

"성을 따르는 것, 그것을 일컬어 도(道)라 한다."

천성, 인성, 본성을 따르는 것을 도라 합니다. 노자는 도를 어떻게 해석했는지 《도덕경》(道德經)의 시작 글에서 살펴보겠습니다.

도(道)를 도라고 말하면 그것은 늘 그러한 도가 아니다. 이름을 이름이라고 지으면 그것은 늘 그러한 이름이 아니다.

도라는 의미가 기독교와 맞지 않다고 하는 편견을 가졌던 과거가 있었습니다. 그래서 도(道)라는 글자의 본래의 의미를 먼저 살펴보려고 합니다. 도는 머리(首)와 쉬엄쉬엄 간다(착:辶)는 두 가지 의미가 더해진 것입니다. 곧 머리가 쉬었다 가다가를 반복하는 것을 뜻하며, 그렇게 해서 생긴 것이 도입니다. 머리는 크게 두 가지로 생각할 수 있습니다. 우선은 한 사람의 몸에서의 머리입니다. 몸을 이끄는 마음과 이성을 뜻합니다. 머리가 가지 않으면 몸은 갈 수가 없습니다. 또 한 가지는 집단의 우두머리입니다. 어떤 집단이든지 '우두머리'가 진퇴(進退)와 방향을 정하게 됩니다. 우두머리가 정신적으로 이끌어 주는 것은 진리가 되고, 땅 위로 보여 주는 것은 길이 됩니다. 그래서 《주역》에서는 "한 번은 음, 한 번은 양, 이렇게 가는 것을 도(道)라고 한다(一陰一陽之謂道)"고 합니다. 쉽게 생각해서는 한 번은 낮, 한 번은 밤 이렇게 가는 것을 말하고, 더 작은 개념으로 '감'이라고 하는 것은 왼발 오른발이 번갈아 움직인다는 뜻입니다. 일반적인 경우, 왼발만으로도 오른발만으로도 앞으로 갈 수는 없습니다. 그 길의 개념을 쉽게 보여 주는 속담이 "천 리 길도 한 걸음부터"입니다. 그리고 막히면 돌아가는 것입니다. 예수님이 세상을 처음 가르칠 때도 우리의 삶을 막고 있는 '안식일'이라는 장벽을 넘어서라고 하셨습니다. 또 마태복음 10장 34절에는 "내가 세상에 평화를 주러 온 줄로 생각하지 말아라. 평화가 아니라 칼을 주러 왔다"라는 가르침이 있습니다. 이 말씀은 저에게 많은 깨달음을 준 가르침입니다. 그중에 '칼'만을 생각해 보고 싶습니다. 칼은 무엇인가요? 칼은 그것을 쓰는 사람에 따라 용도가 달라지는 대표적인 물건입니다. 강도를 생각하면, 그것은 흉기입니다. 옛날의 장수와 병사에게는 무기입니다. 요리사에게는 조리 기구입니다. 조각을 하는 예술가에게는 작업 도구입니다. 예수님이 주신 칼은 안일한 평화가 아니라 격렬한 깨달음입니다. 예수님께서 주신 칼이라는 도(道)를 받아야 평화라는 안일에 머물지 않을 듯합니다. 그래서 도덕경 이야기가 기독교와 맞지 않다고 생각하는 것은 편견입니다. 송촌의 견해로도 그렇습니다. 예수님의 가르침과도 일치하는 내용입니다.

예를 들어 인간은 수 십 년간 말씀, 하나님, 빛, 도를 찾습니다. 그리고 그 결과를 '하나님'이라고 부릅니다. 그리고 나는 하나님을 만났고, 나는 남들보다 높은 신앙을 가졌다고 자랑하며 교만에 빠집니다. 하지만《도덕경》에서는 그것은 '늘 그러한 하느님'이 아니라고 말합니다. '늘 그러한 하느님'은 찾은 결과에 있는 것이 아니고 찾아가는 길에 있는 것임을 암시합니다. 하늘 위에 하늘이 있고, 그 하늘 위에 다시 하늘이 있는 것처럼, 점점 높아져 가야 합니다. 송촌은 그것을 위해서는 겸손, 성실, 성장을 얘기합니다.

"도를 닦는 것, 그것을 일컬어 교(敎)라고 한다."

천성, 인성, 본성을 따르는 도를 닦는 것을 '가르침'이라고 합니다. 그 가르침을《대학》의 시작 글에서 살펴보겠습니다.

큰 배움의 길(道)은 밝은 덕(德)을 밝히는 데 있으며, 사람을 새롭게 하는 데 있으며, 지선(至善)이라는 이상 사회로 향하는 데 있다.

덕과 하나님은 본래 밝습니다. 그런데 그중에 밝은 것을 더 밝히는 것이 큰 배움의 길입니다. 즉 내가 찾은 하나님을 더욱 밝히는 것이 큰 배움의 길입니다. 그리고 큰 배움의 길은 하나님의 말씀을 사랑으로 전하고, 이웃의 거듭남을 돕는 것에 있습니다. 하나님의 나라를 이 땅에 만드는 것에 있습니다.

"도(道)라는 것은 잠시라도 떠날 수 없는 것이다. 떠날 수 있는 것이라면 그것은 도가 아니다."

말씀, 하나님, 빛, 도는 잠시도 떠날 수가 없습니다. 떠날 수 있는 것이라면 그것은 말씀, 하나님, 빛, 도가 아닙니다. 요한복음 15장을 살펴보겠습니다.

김형석 교수의 백세 건강

"나는 참 포도나무요 나의 아버지는 농부이시다. 나에게 붙어 있으면서 열매를 맺지 못하는 가지는 아버지께서 모조리 쳐내시고 열매를 맺는 가지는 더 많은 열매를 맺도록 잘 가꾸신다. 너희는 내 교훈을 받아 이미 잘 가꾸어진 가지들이다. 너희는 나를 떠나지 마라. 나도 너희를 떠나지 않겠다. 포도나무에 붙어 있지 않는 가지가 스스로 열매를 맺을 수 없는 것처럼 너희도 나에게 붙어 있지 않으면 열매를 맺지 못할 것이다. 나는 포도나무요 너희는 가지다. 누구든지 나에게서 떠나지 않고 내가 그와 함께 있으면 그는 많은 열매를 맺는다. 나를 떠나서는 너희가 아무것도 할 수 없다. 나를 떠난 사람은 잘려 나간 가지처럼 밖에 버려져 말라 버린다. 그러면 사람들이 이런 가지를 모아다가 불에 던져 태워 버린다. 너희가 나를 떠나지 않고 또 내 말을 간직해 둔다면 무슨 소원이든지 구하는 대로 다 이루어질 것이다. 너희가 많은 열매를 맺고 참으로 나의 제자가 되면 내 아버지께서 영광을 받으실 것이다. 아버지께서 나를 사랑하신 것처럼 나도 너희를 사랑해 왔다. 그러니 너희는 언제나 내 사랑 안에 머물러 있어라. 내가 내 아버지의 계명을 지켜 그 사랑 안에 머물러 있듯이 너희도 내 계명을 지키면 내 사랑 안에 머물러 있게 될 것이다.

내가 이 말을 한 것은 내 기쁨을 같이 나누어 너희 마음에 기쁨이 넘치게 하려는 것이다. 내가 너희를 사랑한 것처럼 너희도 서로 사랑하여라. 이것이 나의 계명이다. 벗을 위하여 제 목숨을 바치는 것보다 더 큰 사랑은 없다. 내가 명하는 것을 지키면 너희는 나의 벗이 된다. 이제 나는 너희를 종이라고 부르지 않고 벗이라고 부르겠다. 종은 주인이 하는 일을 모른다. 그러나 나는 너희에게 내 아버지에게서 들은 것을 모두 다 알려주었다. 너희가 나를 택한 것이 아니라 내가 너희를 택하여 내세운 것이다. 그러니 너희는 세상에 나가 언제까지나 썩지 않을 열매를 맺어라. 그러면 아버지께서는 너희가 내 이름으로 구하는 것을 다 들어주실 것이다. 서로 사랑하여라. 이것이 너희에게 주는 나의 계명이다"(요 15:1-17).

《중용》의 문으로 들어가서《요한복음》,《도덕경》,《대학》을 통해 우리는 말씀, 하나님, 빛, 도, 덕은 잠시도 떠날 수가 없음을 알았습니다. 이 책들은 대체로 2000년 이전의 작품이라고 생각하면 좋을 듯합니다. 말씀, 하나님, 빛, 도, 덕의 어떤 이름으로 불러도 좋습니다. 이 이름은 우리가 흔하게 쓰는 표현으로는 '진리'(眞理)라는 말이 더 친숙할 듯도 합니다. 네 성인과 노자, 송촌이 찾은 진리는 장수를 위하여 찾은 것이 아니었습니다. 진리를 찾아가는 과정에서 장수는 자연스러운 일이었습니다. 그 진리에 대한 내용을 송촌의 글에서 보겠습니다.

나는 진리라는 말을 비교적 일찍 들었다. 아마 그 처음 제공자는 톨스토이였다고 생각한다. 열다섯 살 되는 겨울부터 거의 3년 반의 세월을 톨스토이와 더불어 살았다. 따라서 나는 많은 것을 그로부터 배웠다. 그 많은 것 중 하나가 진리였던 것이다.

그 뒤로부터 지금까지 진리에의 그리움이 나의 모든 것을 지배하기 시작했다. 아마 나의 땅 위의 삶이 끝날 때까지 계속될 것으로 믿는다.

(중간 생략)

우리에게는 (진리는) 사실과 유용성을 위한 과학적 진리, 교양과 본질을 목적 삼는 철학적 진리, 인간의 형이상학을 취급하는 종교적 진리가 가장 대표적인 것이다.

자연과학의 진리는 과학자들에게로 돌리자. 뉴턴이나 아인슈타인 등의 과학자들은 자기네들의 분야에 속한 진리를 알려 줄 것이다. 그리고 정신적 사실의 진리는 그 내용과 의미를 가장 타당성 있게 해명해 주는 철학자들에게 맡기자. 칸트도 그 한 사람일 것이며, 니체도 그 일부분을 설명해 줄 것이다. 그러나 인간 존재의 근원적 문제를 위하여서는 그 방면의 스승을 찾아가자. 석가도 그 한 면을 밝혀 주고 있으며, 예수는 직접 자신이 진리라고 현실을 포함하여 선포해 주었다. 만일 그들의 뜻이 참이라면 우리는 그 뜻대로 살고 일하는 동안에 그것이 변함을 초월한 진리임을 깨닫게 될 것이다.

오직 문제는 과학적 진리가 실험이나 논증에서 확립되고, 정신적 진리는 일반적 이론과 타당성에서 보증될 수 있어도, 인간적 근원의 진리는 믿음과 실천에서 확증되어야 한다. 진리의 어려움도 여기에 있으나 한평생을 찾아도 다 찾지 못하게 되는 괴로움과 안타까움도 여기에 있다. [8]

네 성인과 송촌이 심사숙고하고 뚜렷한 목표로 삼았던 것, 그것은 진리입니다. 잠시도 떠날 수 없는 것, 한평생을 찾아도 다 찾지 못하는 것, 그 진리를 찾아가는 방법으로 《중용》,《대학》에서는 신독(愼獨), 즉 '홀로 있을 때에도 삼가라'고 합니다. 보이지 않는 곳, 들리지 않는 곳에서도 삼가라고 합니다. 진리를 깨닫기 위해서는 뜻을 성실하게 하여야 합니다. 스스로의 감정을 기만해서는 안 됩니다. 그러기 위해서는 홀로 있을 때까지도 삼가야 합니다. 인간은 한순간 모든 사람을 속일 수 있습니다. 한 사람을 평생 속일 수 있습니다. 하지만 한순간도 속일 수 없는 단 한 사람이 있습니다. 바로 자신입니다. 그러므로 스스로를 속이지 않는 것이 진리로 나아가는 첫발입니다.

그렇게 한 발 한 발 진리를 깨닫기 위해 살아가는 사람이라면, 그것을 깨달은 이전과 깨달은 이후가 같을 수는 없습

김형석 교수의 백세 건강

니다. 이는 곧 아르키메데스가 외쳤던 "유레카!"(Eureka), 공자가 《논어》 '이인 편 8장'에서 "아침에 도(道)를 들어 깨달으면, 그것으로 살다가 저녁에 죽어도 좋다"고 한 말, 마태복음 16장 25절에서 예수님이 말씀한 "제 목숨을 살리려고 하는 사람은 잃을 것이며 나를 위하여 제 목숨을 잃는 사람은 얻을 것이다"라는, 즉 '나(진리)를 위하여 제 목숨을 잃는 사람은 얻을 것'이라는 진리입니다.

이런 진리의 책을 읽고 깨달은 사람이 책을 읽기 전과 같다면 그 사람은 그 책을 읽지 않은 것과 같습니다. 깨달은 사람은 새가 알에서 깨어나듯, 볼품없던 번데기의 껍질을 벗고 나비가 되어 날아오르듯 새롭게 태어납니다. 그래서 예수님은 "누구든지 새로 나지 아니하면 아무도 하느님의 나라를 볼 수 없다"(요 3:3)고 선포합니다. 누구나 의문을 갖듯이 니고데모는 "다 자란 사람이 어떻게 다시 태어날 수 있겠습니까? 다시 어머니 뱃속에 들어갔다가 나올 수야 없지 않습니까?"(요 3:4)하고 물었습니다. 그때 예수님은 "정말 잘 들어 두어라. 물과 성령으로 새로 나지 않으면 아무도 하느님 나라에 들어갈 수 없다. 육에서 나온 것은 육이며 영에서 나온 것은 영이다"(요 3:5-6) 하고 말씀하십니다. 그리고 "진리를 따라 사는 사람은 빛이 있는 데로 나아간다"(요 3:21)고 하십니다.

그러면 성경에서 언급한 진리를 따르는 방법은 무엇일까요? 몇 부분만 살펴보겠습니다.

"첫째 가는 계명은 이것이다. '이스라엘아, 들어라. 우리 하느님은 유일한 주님이시다. 네 마음을 다하고 목숨을 다하고 생각을 다하고 힘을 다하여 주님이신 너의 하느님을 사랑하여라.' 또 둘째 가는 계명은 '네 이웃을 네 몸같이 사랑하여라.' 한 것이다. 이 두 계명보다 더 큰 계명은 없다"(막 12:29-31).

"'간음하지 마라.' 하신 말씀을 너희는 들었다. 그러나 나는 너희에게 이렇게 말한다. 누구든지 여자를 보고 음란한 생각을 품는 사람은 벌써 마음으로 그 여자를 범했다"(마 5:27-28).

"흥청대며 먹고 마시는 일과 쓸데없는 세상 걱정에 마음을 빼앗기지 않도록 조심하여라. 그날이 갑자기 닥쳐올지도 모른다. 조심하여라. 그날이 온 땅 위에 사는 모든 사람에게 덫처럼 들이닥칠 것이다. 그러므로 너희는 앞으로 닥쳐올 이 모든 일을 피하여 사람의 아들 앞에 설 수 있도록 늘 깨어 기도하여라"(눅 21:34-36).

첫 번째는 사랑의 실천을 강조했습니다. 그다음은 옳지 않은(不善) 생각조차 품지 말고, 깨어 기도하라는 방법을 제시했습니다. 이 모든 것을 실행하는 사람은 마치 반석 위에 집을 짓는 사람과 같습니다. 그리고 예수님의 제자가 되어 진리를 알고 그 진리가 자유를 줍니다. 우리를 자유롭게 하지 못한다면 그것은 진리가 아닙니다. 다시 찾아야 합니다. 진리는 올바르게 구하고, 찾고, 두드리는 사람에게는 언제나 주어지는 약속입니다. 하지만 주어진 것에서 오는 안일한 만족이나 교만은 있는 것마저 빼앗기는 결과를 낳습니다. 다섯 달란트가 있다고 해도 땅에 묻어 두면 아무런 의미가 없습니다. 한 달란트 밖에 없다고 해도 우리는 예수님의 제자가 될 수 있습니다.

> "너희는 나에게 '주님, 주님!' 하면서 어찌하여 내 말을 실행하지 않느냐? 나에게 와서 내 말을 듣고 실행하는 사람이 어떤 사람인지 가르쳐주겠다. 그 사람은 땅을 깊이 파고 반석 위에 기초를 놓고 집을 짓는 사람과 같다. 홍수가 나서 큰 물이 집으로 들이치더라도 그 집은 튼튼하게 지었기 때문에 조금도 흔들리지 않는다. 그러나 내 말을 듣고도 실행하지 않는 사람은 기초 없이 맨땅에 집을 지은 사람과 같다. 큰물이 들이치면 그 집은 곧 무너져 여지없이 파괴되고 말 것이다"(눅 6:46-49).

> "너희가 내 말을 마음에 새기고 산다면 너희는 참으로 나의 제자이

다. 그러면 너희는 진리를 알게 될 것이며 진리가 너희를 자유롭게 할 것이다"(요 8:31-32).

"구하여라, 받을 것이다. 찾아라, 얻을 것이다. 문을 두드려라, 열릴 것이다"(눅 11:9).

"아버지, 제 청을 들어주셔서 감사합니다. 그리고 언제나 제 청을 들어주시는 것을 저는 잘 압니다"(요 11:41-42).

"누구든지 있는 사람은 더 받아 넉넉해지고 없는 사람은 있는 것마저 빼앗길 것이다"(마 25:29).

요한복음 15장에 등장하는 '포도나무 이야기'에 관하여 송촌께서 들려주신 말씀입니다.

요한복음 15장은 일생 동안 잊을 수 없는 소중한 말씀 가운데 하나입니다. 부끄러운 얘기입니다만, 대학 졸업반에 있을 때 일본에서 학도병 문제가 생겼습니다. 그래서 그 당시에 한국이나 일본에서 대학을 다니고 있는 사람들은 우리나라가 아닌, 우리를 강점하고 있는 일본 군대로 나가서 목숨을 바쳐야 하는 비운에 처하게 됐습니다. 그래서 내 모든 친구들도 희망을 잃고 '이것이 인생의 마지막인가?', '이렇게 인생이 끝나는 것인가?' 자포자기하는 마음이 가득 차 있었습니다. 조국과 민족을 위해서라면 희망이 있고 가는 길이 밝겠지만, 마지못해 죽을 곳으로 끌려가는 그런 상황에 처해 있을 때였으니까요. 저도 그런 사람들 가운데 하나였습니다. 여러 날 동안 고민했습니다. '이 문제를 어떻게 해야 하는가?' 생각하지 않을 수 없었습니다.

그때 제 마음속에 떠오른 생각 가운데 하나는 '너는 신앙인 아닌가? 너는 14살부터 신앙생활을 시작했는데, 이 순간에 신앙인다운 판단과 생각을 가지는 것이 신앙인이 되는 하나의 길일 테니, 그 길을 택해야 하는 것이 아닌가?' 하는 생각이 들었습니다. 그때는 젊었을 때고, 철도 없었을 때였어요. 그래서 '하나님께서 나에게 주시는 뜻이 무엇인가?'를 깨달아 알고 싶었어요. 그래서 제 나름대로 '3일 동안 친구도 만나지 않고 과거의 모든 일을 끝낸 뒤 성경을 읽고 기도드리는 시간을 가져야겠다'고 생각했습니다. 이를 통해 이런 위치에 있는 나를 위해서, 그리고 친구들을 위해서 '무엇이 하나님의 뜻인가?' 하는 것을 얻고 싶었습니다.

첫날 방문을 잠그고 조용히 앉았습니다. 문밖에는 출타 중이니 찾지 말라고 써 붙였지요. 다른 것은 다 치우고 책상을 놓고 성경을 읽으면서, 또 찬송을 부르면서, 기도드리는 시간을 가졌어요. 마태복음, 마가복음, 누가복음, 요한복음을 순차적으로 읽는데, 요한복음 15장 말씀을 읽게 됐어요. 참 놀라운 것이, 요한복음을 조용한 가운데서 낭독하며 읽는데 마치 음성이 내 음성 같지 않고 밖에서 들려오는 것 같았습니다. 주님의 음성으로 말씀을 듣고 있는 것 같은 느낌을 주는 책이 요한복음이에요. 주님의 음성은 마치 사랑하는 제자들에게 주시는 사랑의 목소리입니다.

요한복음 15장 16절에 "너희가 나를 택한 것이 아니라 내가 너희를 택하여 내세운 것이다" 하는 말씀이 나옵니다. 저는 여러 번 그 말씀을 반복해서 읽었어요. 그리고 마음속에 다짐했어요. '내가 주님을 택했다면 떠날 수도 있고 버림받을 수도 있지만, 주님께서 나를 택하셨다. 이 택하심에 내가 부응하게 되면, 이제부터 주님께서 많은 열매를 맺게 하기 위해서 나와 함께하실 것이다' 하는 생각에 눈물을 흘렸습니다. 정말 한참 눈물을 흘렸어요. 그리고 기도를 드렸어요. 제가 이 세상에 태어나서 제일 짧은 기도를 드렸던 것 같습니다. "하나님, 아버지!" 그게 다예요. 그리고 찾았습니다. 하나님을 아버지라고 진심으로 찾고 나니까, 더 드릴 기도가 없어졌어요. "하나님, 아버지!", 그리고 기도를 끝냈습니다.

밖으로 나와서 맑은 하늘을 쳐다보면서, '하나님께서 아버지가 되시고, 우리 주님께서 나를 택하셨는데, 내가 무엇을 두려워하고 부끄러워하고 어려워할 것인가?'하는 생각을 했어요. 그 일 후에 정말 마음이 편안했어요. 여전히 공부도 하고 해야 할 일도 하는데 마음의 참 평화를 누리게 됐어요. 문제를 극복하게 됐어요. 오늘까지 이르는 동안에 이 요한복음의 말씀은 항상 저에게 놀랍고 새로운 감명을 거듭 주고 있습니다.

신앙에 들어온다고 하는 것은 예수님의 음성과 약속을 듣는 것이에요. "너희가 나를 택한 것이 아니라 내가 너희를 택했다"는 이 말씀이 모든 신앙인에게 다 있어요. 그런데 그것을 잊어버리고 멀리하는 때가 있을 뿐이에요. 언젠가는 주님께서 그 뜻을 이루어 주시고 우리와 함께해 주세요. 사랑과 비슷한 개념은 예수님께서만 주신 것은 아니에요. 석가는 자비라고 하는 마음을 가지고 우리에게 가르침을 주었어요. 그런데 석가의 자비는 우주, 자연과 더불어 있는 자비심이에요. 그래서 '이 땅 위에 생명이 있는 모든 것에 사랑을 베풀자, 모든 생명 있는 것이 사랑 속에 머물러야 한다'는 철학적이고 큰 자비의 뜻을 가르쳐 주었어요.

공자는 인(仁), 즉 어진 마음이라는 교훈을 주었어요. 인은 인간으로부터 시작해서, 인간을 위한 가르침이에요. 그래서 공자의 가르침을 따르는 사람들은 인간의 윤리와 도덕을 지키고, 인간의 도리가 무엇인가를 찾아가지요. 그렇기 때문에 정치 발전이라든지, 경제 성장에서 불교보다도 앞서는 상황을 만들어 왔어요.

그런데 기독교는 완전히 다릅니다. 그것은 우주나 자연과 더불어 사랑을 얘기하는 것이 아니고, 사랑은 하나님 아버지께서 우리에게 주신 것입니다. 영원하신 하나님 아버지께서 주신 사랑을 우리가 받아들이고, 그 사랑 안에 머물고, 그 사랑을 완성시켜 가는 것이 기독교의 뜻입니다. 그래서 기독교는 인간이 하나님을 사랑하는 것이 아니에요. 하나님 아버지께서 인간을 먼저 사랑해 주셨어요. 그리고 그 사랑을 예수 그리스도를 통해서 보여 주셨고 깨닫게 해 주셨어요. 그래서 그 사랑을 하나님 아버지로부터 받고 예수 그리스도에게서 모범을 얻어서 삶으로 사랑의 왕국을, 사랑의 역사를 건설하는 것이 기독교의 큰 책임입니다.

기독교는 구약과 신약을 합해서 66권의 성경을 가지고 있습니다. 66권 가운데, 구약의 첫 장 첫 절이 "한처음에 하느님께서 하늘과 땅을 지어내셨다"는 말씀입니다. 이 말씀으로 봤을 때, 자연 세계는 하나님께서 인간을 중심으로, 인간에게 주시기 위해서 만들어 주신 '창조의 사랑', 즉 처음 사랑입니다. 그래서 인간은 모든 자연의 중심인 거예요. 중세기 때 지구가 아니고 태양이 세계의 중심이라는 애기를 꺼낸 과학자들이 종교계에서 비난을 받았지요. 자연과 우주는 그렇게 돼 있습니다. 그래도 우리의 생활은 지구가 중심이지요. 왜냐하면 인간이 지구에 살고 있기 때문에, 모든 자연은 인간을 위한 하나님의 창조의 선물로 받아들인 것입니다. 그래서 구약 첫 장 첫 절은 '창조의 사랑'으로 시작합니다.

그리고 긴 역사가 흘러온 다음에, 사랑은 우리 모두를 구원해 주시는 '구원의 사랑'으로 이뤄집니다. 우리 모두가 예수 그리스도를 통해서 구원을 받는 것이 두 번째 사랑인 거예요. 요한복음 3장 16절이 그것을 말합니다. "하느님은 이 세상을 극진히 사랑하셔서 외아들을 보내주시어 그를 믿는 사람은 누구든지 멸망하지 않고 영원한 생명을 얻게 하여 주셨다." 하나님의 독생자이신 예수 그리스도를 믿음으로서 구원을 얻는, '구원의 사랑'이 사랑의 역사의 중심입니다.

그리고 성경의 제일 마지막을 보면, 이 모든 계시를 보증해 주시는 분이 "그렇다. 내가 곧 가겠다"(계 22:20) 하고 약속하십니다. 그것이 세 번째 사랑인데, 사회와 역사가 하늘나라로 '완성되는 사랑'을 말하는 것입니다. 신앙인으로 산다고 하는 것은 창조의 사랑으로 시작해서, 구원의 사랑으로 열매를 맺고, 사회와 역사적인 책임에서 하늘나라의 사랑으로 완성을 맺어야 해요. 그것이 기독교입니다. 확실히 불교

하고도 유교하고도 다르죠. 기독교의 진리는 사랑의 진리입니다.

우리는 그러한 사랑을 예수 그리스도로부터 배웠어요. 또 약속을 받았어요. 그렇기 때문에 그 사랑의 세계 속에 살고 있는 거예요. 그 질서 속에 살고 있는 거예요. 우리 모두가 어떤 표현을 하든지, 어떤 생활을 하든지 그 속에서 살고 있는 것이 기독교입니다. 하나님 아버지께서는 예수 그리스도를 통해서 사랑을 주셨고, 우리는 예수 그리스도의 사랑을 따라서 내 이웃을 사랑해야 합니다. 이로써 사랑의 완성이 이뤄지는 것입니다.

믿음은 사랑으로 들어가는 현관입니다. 우리가 예수 그리스도를 믿는다고 하는 것은 예수 그리스도와 더불어 머무는 사랑에 들어가는 거예요. 이 믿음은 은총의 선택입니다. 하나님께서 사랑으로 우리를 선택해 주셨기 때문에 그렇습니다.

내가 믿음을 갖게 된 것은, 주님께서 나를 사랑해 주시는 '부르심'이었다는 생각을 항상 가져야 해요. 그리고 그 부르심이 더 굳어지면 "너희가 나를 택한 것이 아니라 내가 너희를 택했다"는 말씀이 깨달아지는 거예요. 그래서 믿음은 사랑으로 가는 길이에요. 그리고 이러한 사랑을 우리가 깨달으면 인생이 달라집니다. 그 변화를 많이 경험했기 때문

김형석 교수의 백세 건강

에 저 같은 사람도 '그리스도를 떠나지 못하고 그리스도와 더불어 머물고 그리스도를 위해서 살아야겠다'는 생각을 하게 됩니다.

저는 14살에 신앙생활을 시작했어요. 그때 저는 정말 절망 상태였습니다. 건강이 너무 나빠서 중학교에 갈 수도 없었고, 집이 너무 가난해서 그야말로 가난 속에 살았어요. 그때 나에게서 모든 희망이 사라진다고 생각했을 때, 내가 붙든 것이 하나님 아버지예요. 그 14살에 아무 철도 없이 "하나님을 내가 따르고 믿겠습니다" 하는 기도를 드렸어요. 그때부터 주님의 사랑은 오늘까지 계속되어 왔고, 나를 통해서 그 사랑이 자꾸 나눠져요. 누구나의 인생도 마찬가지예요. 언제나 그렇습니다.

우리 인간은 언젠가는 영원을 향해서 갑니다. 언젠가는 영원의 문을 두드려 볼 거예요. '그리로 가는가, 못 가는가?' 하는 것은 마지막 문제예요. 예수님께서 하나님은 우리 아버지라고 말씀하신 것은 인생이 끝나는 순간에 우리가 영원한 삶, 즉 하나님 아버지가 계신 나라에 들어갈 수 있기 때문에 그렇습니다. 고아가 되지 않고 하나님 아버지의 품으로 돌아가는 길이 우리에게서 이뤄져야 해요.

파스칼의 얘기가 있습니다. 추운 겨울날 아이들이 놀고 있었어요. 곧 해가 질 텐데 어디로 갈까 고민하다가 어느 집

처마 밑으로 가면 빛이 좋으니 그리로 가자고 합니다. 제일 먼저 간 아이가 가장 좋은 자리 앉으면서 "여긴 내 자리" 하고 앉았어요. 그다음 친구는 그 옆에 앉았어요. 그다음은 좀 나쁜 자리에 앉았어요. 마지막에 온 아이는 그마저도 자리가 없어 그냥 서 있어요. 그러나 곧 해가 집니다. 그러면 집으로 가야 해요. 그때 좋은 자리에 앉았든 서 있었든 갈 곳이 있는 아이는 괜찮아요. 지금까지 어디에 어떻게 있었든 괜찮아요. 그런데 고아는 갈 곳이 없어요. 해가 졌을 때 갈 곳이 있어야 합니다. 세상에서 많은 것을 차지했다고 해도, 마지막 갈 곳이 없는 사람은 인생의 고아입니다.

이 영원한 생명을 우리에게 약속해 주신 것이 하나님의 사랑이에요. 예수님께서 너희를 고아처럼 내버려 두지 않고 다시 와서 너희를 아버지께로 인도하겠다고 약속하셨는데, 이것이 바로 하나님의 사랑이에요. 옛날부터 '빈손으로 왔다가 빈손으로 간다'고 인생을 부정하는데, 그렇지 않습니다. 하나님을 아버지로 믿는 사람들은 예수 그리스도를 통해서 영원하고 참다운 삶으로 안내를 받게 돼요. 이것이 사랑입니다.

우리는 창조의 사랑으로부터 구원의 사랑에 이르렀어요. 이제 하늘나라가 이 땅에 이뤄져야 해요. 우리 역사를, 민족의 역사를 완성시킬 뜻이 기독교의 진리로 남아야 해요. 사랑은 그리스도와 더불어 하나님의 사랑이기 때문에 영원한 것이고, 우리는 그 영원한 사랑에 참여하는 축복을 받고 있다는 뜻이에요.

이 이야기를 들려주시면서 송촌의 울먹이던 모습이 저에게는 참으로 감동이었습니다. 75년 전의 기도, 85년 전의 기도를 드렸던 순간으로 돌아갈 수 있다는 것은 해마의 놀라운 기능입니다. 그렇다면 삶을 삶답게 만들어 가는 모습은 무엇일까요? 생각하다 보니, 예수님의 말씀이 떠오릅니다.

> "어린이 하나를 데려다가 그들 앞에 세우시고 그를 안으시며 제자들에게 이렇게 말씀하셨다. '누구든지 내 이름으로 이런 어린이 하나를 받아들이면 곧 나를 받아들이는 것이고, 또 나를 받아들이는 사람은 나만을 받아들이는 것이 아니라 곧 나를 보내신 이를 받아들이는 것이다.'"(막 9:36-37).

어린이들의 해마가 놀라운 기능을 보이는 것은 순수하기 때문입니다.《황제내경》에서는 '순박하다'고 했습니다.
우리를 자유롭게 하는 진리, 네 성인의 가르침의 뿌리는 다른 시대 다른 장소에서의 진리이지만, 그것은 한결같이 인본주의와 휴머니즘입니다. 송촌에게는 '참사랑'입니다.

행복을 만들어 가는 인생이
건강합니다

《의학입문》의 맨 마지막 편은 '습의규격'(習醫規格)입니다. 우리말로 편명을 해석하자면 '의도를 숙달하는 바른 방법' 입니다. 우리는 학습(學習)이라는 말을 자주 사용합니다.《논어》는 "배우고 때맞춰 그것을 익히면 크게 기껍지 않겠는가?"(學而時習之 不亦說乎)로 첫 번째 글을 시작합니다. 이 문장에 학(學)과 습(習)이 있습니다. 학(學)은 '흉내 낸다', '따라 한다', 그러면서 '배운다'는 뜻입니다. 습(習)은 '되풀이한다', '익힌다', 그러면서 '숙달한다'는 뜻입니다. 그러니까 학습이라는 말은 '흉내 내고 → 따라 하고 → 배우고 → 되풀이하고 → 익혀서 → 숙달한다'는 과정과 결과까지를 내포합니다. 그리고 습의(習醫)는 '의학을 되풀이하고, 익혀서, 숙달한

김형석 교수의 백세 건강

다'는 의미입니다. 비슷한 경우가 도덕(道德)입니다. 도(道)는 '길', '이치', '근원'을 뜻합니다. 덕(德)은 '얻음', '이룸'을 뜻합니다. 그래서 도덕이란 '근원이 되는 이치를 얻어서 이룬다'는 의미입니다. 항상 저를 반성하게 하는 습의규격의 일부를 소개합니다.

의사란 사람의 생명을 병의 위협에서 건져 내는 사명을 맡았으므로, 마음의 바탕이 진실하고 거짓이 없으며, 성정이 안정되고 한결같으며, 음덕(陰德)의 공적을 쌓는 취미를 정말로 아는 사람이어야 한다. 그렇지 않다면 경솔하게 의학을 하지 않는 것이 좋을 것이다. 의학을 하려는 뜻을 이미 세웠더라도, 의학을 깊이 생각하고 노력을 다하여야 할 것이니, 매일 아침 선천도를 마주하고 조용히 앉아, 효경, 논어, 소학을 즐겨 읽어야 한다. 의학의 지식과 실력을 어느 정도 이룬 사람은, 그다음에 사서(四書) 전부와 고대 주역의 본문 및 서경(書經)의 홍범(洪範), 무일(無逸), 요전(堯典)까지 읽을 것이다.

질병을 고쳐 낫게 하는 것은 의사가 지켜야 할 당연한 분수이다. 청렴결백을 지키며 의사로서 생계를 유지한다고 하더라도 지나치게 대가를 바라는 것은 옳지 않고, 타당한 대가를 요구해야 한다. 가령 환자가 너무 가난하여 단 한 푼도

받지 않는다면 그 의사의 사랑과 청렴함을 보여 주는 것이
될 것이다. 대체로 사람이 갖지 못하는 것은 하늘이 반드시
보답할 것이다. 가령 이와 같이 마음을 먹는다면 그의 의술
이 세상을 밝혀 나아가지 않을 수가 있겠는가?

의도는 한마디로 말하자면 사람을 기만하지 않는 것이다.
입문서를 처음부터 끝까지 읽어 처방 하나하나, 의학 이론
하나하나 충분히 익히지 않고서 의사라고 일컫는 것은 기
만이다. 충분히 숙독을 하였더라도 자세히 이해하고 꿰뚫
어 알아야겠다는 것을 깨닫지 못하는 것은 기만이다. 깨달
은 후에 일찍 일어나 고요히 앉아 숨을 가다듬는 것을 진료
의 바탕으로 삼지 않는 것은 기만이다. 진맥을 하고 나서 사
실대로 말해 주지 않는 것은 기만이다. 치료법을 연구하고
처방을 운용하는 데 정밀하며 상세히 하지 않는 것은 기만
이다. 병이 나은 후에 대가를 지나치게 바라며 세상의 흐름
을 벗어 버리지 못하는 것 역시 기만이다.

의술을 베풀수록 경험이 늘어나면서 마음속으로 깨달음이
있으면서도, 세상을 더 풍요롭게 하고 사람들에게 널리 알
리는 책을 쓰지 않는 것은 기만이다. 기만을 하면 좋은 지식
이 나날이 가려지고 막히게 되어 의도는 끝내 없어진다. 기
만을 하지 않으면 좋은 지식은 나날이 더욱 발전하고 의도
는 더욱 풍성해진다. 기만하고 기만하지 않는 것의 사이는

다른 사람이 함부로 관여할 수 있는 것이 아니고 자기 자신만이 이룰 수 있는 것이다.

의사는 마음의 바탕이 진실하고 거짓이 없으며, 성정이 안정되고 한결같아야 합니다. 그리고 남모르게 선을 쌓는 기쁨을 진심으로 아는 사람이어야 합니다. 질병을 고쳐 낫게 하는 것은 의사가 지켜야 할 당연한 분수입니다. 의도는 사람을 기만하지 않는 것입니다. 기만하고 기만하지 않는 것은 자기 자신만이 이룰 수 있는 것입니다. 이처럼 습의규격은 나의 마음 바탕이 진실해서 스스로를 속이지 않을 뿐만 아니라, 남도 속이지 않는 도덕의 상태를 요구합니다. 의도를 넘어서 '덕의'가 되어야 한다는 사명을 건넵니다.

한번은 송촌께 "철학자들 중에는 건강하게 장수한 사람이 많은 것 같습니다. 왜 그럴까요?"라는 질문을 드린 적이 있습니다. 그때 송촌이 해 주신 이야기입니다.

진리를 찾다 보니까 영혼이 순수해서 그런 것 같아요. 지금까지 봐도 사람들은 건강 자체가 목적인 줄 알고 있어요. 그런데 건강이 목적이 아니고, 어떻게 사느냐에 따라서 건강은 따라 오게 돼 있어요. 그러니까 삶이 더 소중한 것 같아요. 나도 모르고 살다 보니까, 지금처럼 나이 들어 보니까

'어떻게 사느냐?'가 문제지, '어떻게 건강하냐?'는 따라 와요. 그래서 종교인들도 오래 살아요.

그리고 즐겁게 사는 사람이 건강하고, 긍정적인 사람들이 성공하니까 건강해요. 똑같은 능력을 가진 사람이 동시에 출발을 해도 긍정적인 생각을 가진 사람하고 부정적인 생각을 가진 사람하고는 다른 것 같아요. 중요한 것은 행복을 따라가는 사람이 건강한 것이 아니고, 행복을 만들어 가는 사람이 건강해요. 또 창조적이고 진취적인 사람은 언제나 건강하게 되어 있어요. 욕심도 그래요. 사람들이 재물이다 명예다 하지만, 진실하고 거짓 없이 사는 사람은 그것이 따라오고, 욕심을 따라가는 사람은 그것도, 건강도 모두 잃어 버려요.

신체적인 건강이 전부가 아니고, 가치 있게 사는 사람이 건강한 것 같아요. 마지막에 웃는 사람이 행복한 사람이죠.

가치 있게 사는 사람은 행복을 만들어 갑니다. 긍정적인 생각을 가진 사람은 건강합니다. 긍정적 사고와 낙관주의가 건강에 미치는 영향은 계속 연구되고 있으며, 그 결과는 대체로 건강에 유익하다는 것입니다. 낙관주의가 항상 미소 짓게 하거나 항상 행복하다는 것을 의미하지는 않지만, 미래에 대해 긍정적이라는 것은 기대할 수 있습니다. 쉽게 생각할 때 행복은 감정의 상태이고, 느낌입니다. 낙관주의는 미래의 행복에 대한 믿음입니다.

긍정적인 마음가짐, 낙관적인 사고가 건강에 미칠 수 있는 효과를 몇 가지만 생각해 보려고 합니다. 첫째, 수명 연장 효과입니다. 장수는 우리를 더 행복하게 합니다. 긍정적인 생각은 단순한 기분 이상으로 영향을 줄 수 있습니다. 낙관적인 사람들은 자신의 목표에 더 헌신하고, 목표를 달성하는 데 더 성공적이며, 삶에 더 만족하고, 행복을 만들어 갑니다. 비관적인 사람들과 비교할 때 정신적, 신체적 건강이 더 뛰어납니다. 그래서 긍정적으로 사는 사람은 행복하게 장수합니다. 대부분의 추적 조사를 통한 연구에 따르면 비관적 성향의 사람들은 일찍 사망할 확률이 높다고 합니다.

둘째, 면역력을 향상시켜 줍니다. 운동을 통해서든, 명상을 통해서든, 기도를 통해서든, 노래 부르기를 통해서든, 긍정적인 사고를 하는 것은 질병 치료에 도움이 됩니다. 낙관론과 면역의 연관성을 조사한 실험은 많습니다. 여기서도 대부분의 결과는 낙관적인 사고를 보였을 때 더 큰 면역력을 나타내는 반면에, 비관적인 사고에서는 면역 세포의 반응에 실제로 부정적인 영향을 미쳤습니다. 그것은 부정적인 사고가 질병에 더 취약하게 만들 수 있음을 의미합니다. 부정적인 사고의 끝은 절망입니다. 그래서 절망을 '죽음에 이르는 병'이라고도 합니다.

셋째, 콜레스테롤 수치를 낮춥니다. 고 콜레스테롤은 대부분의 사람들에게 문제가 됩니다. 그 원인은 일반적으로 부적절한 식사와 운동 부족입니다. 당연히 식이 요법과 운동은 콜레스테롤을 낮추는 좋은 방법이 됩니다. 하지만 단순히 낙관적으로 사고하는 것만으로 콜레스테롤을 낮출 수 있다는 사실을 알고 있습니까?

낙관적이고 긍정적인 사고를 할 수 있는 방법을 하나 소개합니다. 저는 지난여름에 이탈리아 여행을 계획했습니다. 그런데 코로나19의 영향으로 취소할 수밖에 없었습니다. 그것 때문에 딸아이의 실망은 컸습니다. 우리는 겨울부터 여행 책자를 보는가 하면 이탈리아어를 공부했습니다. 이 무렵 한번은 딸아이와 산책을 하면서 하늘을 바라봤습니다. 하늘은 눈이 부실만큼 맑았습니다. 산책길 옆에 조그만 교회가 있었는데, 교회의 십자가를 보는 순간 하늘과 대비되면서, 마치 이탈리아에서 볼 수 있을 것 같은 광경이 펼쳐졌습니다. 그래서 사진을 찍어 딸에게 보여 주면서, "이거 봐, 사람들한테 우리가 배 타고 베네치아의 폰테 디 리알토를 지나면서 찍은 사진이라 해도 믿겠다" 하고 말했습니다. 그러고는 딸아이와 10분도 넘게 하늘을 배경으로 십자가를 찍으면서 우리는 폰테 디 리알토 밑을 지나가는 기분을 만끽

했습니다. '여행은 어디로 가는가'보다 '누구와 있는가'가 더 중요하다는 것을 생각했습니다. 여행하고 싶은 곳이 있는데 여건상 가지 못하고 있다면 이 방법을 한번 시도해 보기를 바랍니다. 돈과 시간을 많이 들이지 않고서도 어디든 다녀올 수 있습니다. 부정적인 생각을 이겨 냄으로 기분이 나아지는 것을 느낄 것입니다. 콜레스테롤 수치가 떨어지는 것은 '덤'입니다.

넷째, 심혈관 질환으로 인한 사망 위험이 감소됩니다. 심장병은 현대인의 주요 사망 원인 중 하나입니다. 긍정적인 태도와 낙관적인 사고는 심장병의 가능성을 낮춥니다. 당연하다고 생각하는 것을 증명하는 것이 과학이지만, 낙관주의자가 비관주의자에 비해 관상동맥 심장 질환의 발병률이 낮은 것으로 관찰되었습니다. 낙관주의자는 건강한 식습관을 갖고 운동을 더 하거나, 스트레스를 잘 관리하는 등 건강한 생활을 하고 있다는 것이 큰 차이점입니다. 활동적인 생활 방식이 원인이 되었든, 긍정적인 사고방식이 원인이 되었든 보이는 결과는 무시하기 어렵습니다.

다섯째, 고난과 스트레스 또는 우울증의 시기에 더 나은 대처 기술을 보입니다. 나이가 들어 갈수록 낙관주의자들은 우울증에서 심혈관 질환에 이르기까지 다양한 정신적, 신체적 건강 문제를 경험할 가능성이 적습니다. 스트레스에 시

달리는 동안 낙관적인 자세를 유지하는 것은 신체적, 정신
적으로 더 편안하게 합니다.

또한 낙관적이고 긍정적인 사고를 만드는 방법 중에 하
나는 유머입니다. 송촌은 저를 서울에서 만날 때면 '시골 사
람'이라고 놀리기를 즐겨하십니다. 한번은 커피숍에서 "시
골에는 이런 것 없죠?" 하시면서 비엔나 커피를 권하셨습니
다. 처음에는 어색했는데 저를 친구로 생각하신다는 느낌입
니다. 물론 저는 영광으로 생각합니다.

PART 3

내일을 두려워할 것인가, 희망할 것인가

신앙이 없으면
삶의 희망도 없지 않을까요?

　　송촌과 시간이 나면 한 번씩 들르는 낙조대 카페가 있습니다. 그날은 유독 하늘이 푸르고 바다가 그 하늘과 맞닿아 있었습니다. '저 바다 건너 우리가 살 곳'이 선명하게 보일 만큼 맑은 날이었습니다. 그날 송촌이 들려준 이야기가 있습니다. 기억에 남아 있는 대로 옮겨 보겠습니다.

　　얼마 전 신문사 종교 관련 기자와 '신이 존재하느냐, 존재하지 않느냐?'를 두고 이야기 나눴어요. '신이 존재한다'는 개념보다 먼저, 우주, 자연, 인간의 삶, 인간이 가지고 있는 희망과 기대, 이것을 다 합해서 하나의 세계 질서, 우주의 질서가 있는 것은 틀림없지요. 그중 하나가 자연 법칙이고요.

그런데 인간이 사는 사회는 어떤 법칙이 아니라, 정신적인 질서에서 움직이는 것 같아요. 그 질서의 궁극적인 목표랄까, 근원은 있게 마련이죠.

그것을 인도 사람들은 '법'(法)이라고 봐서, 질서의 근원은 '법에 있다'고 봐요. 인도는 무척 더운 지역이니 고통스러울 것이고, 그렇다 보니 이 세상보다 더 좋은 세상, 영원한 세상을 그리워하지 않을 수 없을 것 같아요. 박종홍 교수가 인도에 갔다 와서 하는 얘기가 "열대 지방에 사는 사람들은 워낙 힘들게 사니까 마지못해 '내세가 있어야겠다' 하고 생각하다 보니 자연스럽게 종교에 관심을 갖게 되지 않았을까요?"라고 하더군요. 그렇게 그 사람들은 종교의 질서를 법에 두고, '법을 따라서 살아야 한다'고 생각해요.

중국은 기후도 좋고 농사짓기도 좋으니 자연과 더불어 잘 살죠. 즐겁게 살아요. 그러니 그들은 이 모든 것을 '하늘의 질서'로 보고 긍정적으로 받아들여요. 그래서 '하늘의 도'를 말해요. 하늘은 영원한 것이고, 그 아래 땅이 있고, 인간이 그 사이에 있게 되는 거죠. 그래서 윤리 사회를 만들었어요. 이상하게도 중동 지방 사람들은 질서의 근원을 '인격적'으로 받아들였어요. 그렇게 인격적으로 받아들이는 최초의 역사적인 사람이 아브라함이에요. 아브라함은 존재 질서의 근원을 인격적으로 받아들이면서 야훼, 여호와 하나님이라고 해요.

예수님은 하나님을 아버지로 받아들이세요. '왜 하나님께 아버지라고 이름 붙였는가?'를 생각해 본 적이 있어요. 예수님의 뜻을 가만 보면 모든 존재, 인간적인 존재의 근원이 사랑이에요. 아버지는 사랑이시니까요. 그래서 우주 질서의 근원과 인간과의 관계에서 인간 사회, 인류 사회라는 것은 사랑의 질서예요. 사랑이 근원이라는 뜻이에요.

그렇다면 '종교가 종교다워지려면 어떻게 해야 하는가?'가 문제예요. 인도에서는 철학은 나왔는데 신앙은 없고, 동양 사람들은 자연과 인간이 하나가 되는 윤리성을 받아들였어요. 중국은 종교적이라기보다는 윤리적인 세계관이라고 할 수 있어요. 기독교, 유대교만이 인격적인 신을 받아들였어요. 그래서 종교라고 할 수 있어요. 그런 의미에서 '신앙의 근거가 어디에 있는가?'를 가장 고민한 사람이 도스토예프스키예요.

《죄와 벌》에 나오는 장면이에요. 순수하고 착하게 살아 보려고 하는 딸이 있어요. 이 딸은 양심적이고 착한 데다 잘못이 없어요. 그런데 변호사가 그 딸을 법적으로 이용하려고 했어요. 그래서 너무 답답하고 기가 막히잖아요. 딸의 어머니가 '세상에 정의가 어디에 있는가 보자. 정의가 없다면 어떻게 되는가?' 하고 찾아다니다가 저녁에 집에 돌아올 때 정신병자가 되어서 들어왔어요. 젊어서는 이 책을 읽으면서 '정의를 찾고 또 찾았는데 없었구나. 정의가 없는 세상에 살 수가 없으니까 정신병자가 되었다. 이것이 인간의 한계다'라고 느꼈어요.

정치가들이 '내가 하는 것은 정의고, 너희가 하는 것은 정의가 아니다'라고 하면서 상황을 극한까지 몰고 가요. 공산주의가 그러다가 무너졌어요. 이것은 역사의 종말이고, 인간의 종말이에요. 그러니까 요청은 무엇인가 하면, '정의는 있어야 한다. 정의의 나무에 열매는 있어야 한다'는 것이에요.

그럼 그 '구원의 정의라는 사상의 뿌리가 어디에 있는가?' 하는 생각이 들어요. 아브라함에게는 그것이 하나님이에요. 인간과 관계가 없는 것은 아니고, '인간의 하나님이다'라는 것이지요. 《죄와 벌》의 장면처럼, 정의가 다 무너진 사회에서 살다 보면, 그래도 '정의는 있어야 한다'는 생각을 해요. 만약 정의가 없어진다면 정신병자가 되고, 인간은 살 수가 없어요.

또 하나는 《카라마조프 가의 형제들》에서 나와요. 맏아들이 인생을 자기 나름대로 사는데, 사랑하는 여자가 자기를 위해 주지 않아요. 그래서 여자에게 "난 당신을 사랑하는데 왜 그대는 나와 가까워지지 않느냐?" 하고 물어요. 그 여자가 "난 과거 남자가 있었고, 지금은 비록 헤어져 있지만 그 남자가 날 기다리고 있기 때문에 언젠가 그 남자에게로 가야 한다"고 해요. 맏아들이 알겠다고, 그렇다면 가는 게 옳겠다 면서 "그 남자는 언제 만나러 가느냐?"고 했어요. 그 여자 가 "모스크바에서 가까운 작은 도시에서 그 남자를 만나서 파티를 벌이고 떠나기로 했다"고 해요. 그 후 맏아들이 많은 고민을 하다가 자살하기로 결심해요. 그래서 전당포에 맡 겼던 권총을 찾아오고, 있는 돈도 다 꾸려서 그 여자를 위해 파티를 열어 줘요. 그리고 자살하려고 마차를 타고 가면서 기도를 해요. "하나님! 나 같은 사람은 살아 있을 필요도 없 고, 존재할 가치도 없습니다. 나조차도 내가 싫어질 정도이 니 나는 지옥에 가는 것이 마땅합니다. 그렇지만 내가 지옥 에 가서도 하나님만은 사랑할 것입니다. 난 그것이 없으면 살 수가 없고, 존재의 의미가 없습니다." 어렸을 때 읽으면 서는 이해할 수 있을 것 같기도, 없을 것 같기도 했어요.

맏아들이 사랑했던 여자에게 마지막 파티를 베푸는데, 형사 들이 이 맏아들을 아버지의 살인범으로 잡아 가서 살인죄로 구속해요. 잡혀가서 재판을 받는데, 맏아들이 법정에서 "검 사가 내가 얼마나 나쁜 사람인지 이야기했는데, 나는 그보다 더 나쁜 사람이다. 내가 나 자신을 안다. 나는 인생도 포기했 다. 벌을 받아 마땅하다. 변호사는 나를 변호하지만 나는 변 호 받을 자격이 없다. 하지만 마지막 한 가지, 내가 아버지를 죽이지 않은 것만은 사실이다. 설사 배심원 여러분이나 판사가 그래도 내가 죽였다고 판결을 내린다 해도 어쩔 수 없다. 나는 어떤 처벌을 받아도 두렵지 않다. 그러나 내가 하나님을 믿지 못할 것이 두렵다. 진실이 다 없어지면 신이 없어지는 것이고, 그러면 살 자신이 없어진다"라고 이야기해요. 이 책을 다시 읽으면서 '이것이 우주의 질서를 인격적인 존재로 받아들일 수밖에 없는 인간의 운명이구나. 현실이구나. 정의가 없으면 미치고, 진실이 없다면 하나님을 믿을 수 없게 될까 봐 두렵다'라는 생각을 했어요.

맏아들은 결국 유죄 판결을 받아 정말로 절망했어요. 삼형제 중에 수도원에 있는 막내동생을 만나 그를 끌어안고서 이렇게 말해요. "나는 아버지를 죽이지 않았어. 그런데 유죄 판결을 받았어. 너도 내가 아버지를 죽였다고 생각하니?" 동생이 "형님은 지금까지 살아오는 동안 거짓말을 한 일이 없습니다. 형님이 죽이지 않았다면 그것은 안 죽인 겁니다" 하고 말해요. 그때 맏아들이 "내가 네 덕분에 하나님을 믿을 수 있다. 그 진실 때문에 내가 하나님을 믿을 수 있어"라고 해요.

'아브라함 때부터 시작된 유대교, 기독교의 전통에 깔려 있는 것이 그것이구나. 사는 동안 내 나름대로 깨닫고 체험하면서 살다가 예수의 교훈을 받아 놓고 보니까 이 믿음이 없어지면, 이 신앙이 없어지면 인간이 살아갈 희망이 없겠다. 정의도 없고 진실도 없어지겠다'하는 깨달음을 얻었어요. 그런데 예수를 믿고 따라 보니까, 인간 가운데서는 가장 높이 희망을 갖고 살 수 있게 해요. 그래서 '그래도 우리가 이런 가운데서도 살 수 있지 않겠나?' 하고 생각해요.

철학자 가운데 제일 인간적, 인격적으로 존경할 만한 사람이 칸트예요. 칸트의 저서 중에 종교 철학과 관련한 《이성의 한계 내에서의 종교》가 있어요. 이 책에서 칸트는 "'인간'으로서의 내가 아니라 '철학자'로서의 내가 종교를 이렇게 받아들일 수 있겠다" 하는 한계를 지어 줘요. 그러니까 어디까지는 철학이고, 그것을 넘어서는 것은 종교가 된다는 한계를 말해 주는 거예요. 철학자 칸트의 종교관을 뭐라할 수 있을까요? 다른 사람들은 뭐라고 하는지 모르겠지만, 내 표현을 쓰자면 '요청적 유신론'이에요. '신이 없으면 인간이 살아갈 수 없고, 신에게 의지하지 않으면 인간은 살아갈 수가 없다'는 것이에요. 나는 이것을 '요청적 유신론'이라고 봐요.

칸트가 인식론, 윤리학, 미학, 종교 철학 이 네 가지를 썼는데, 윤리학에서 칸트가 얻은 결론은 '모든 사람이 그렇게 행해도 괜찮고 좋다고 하는 규범이 있어야 한다'는 거예요. 그리고 이것을 끝까지 찾아갔어요. 그런데 성경에서 예수님은

　김형석 교수의 백세 건강

아주 쉽게 "대접을 받기를 원하는 대로 네가 대접해라" 하고
한마디로 말씀하세요. 이 이상의 교훈, 이것보다 더 좋은 교
훈이 있을 수 있을까요? 이 교훈이 기독교의 위치가 되어야
해요. 이 교훈 밑에서 살기 때문에 신앙인이라 할 수 있어요.
그런데 인간은 이 교훈을 나름대로 받아들여서 신이 없다
고 믿기도 하고, 법이 있다고 믿기도 하고, 공자만큼 삶을
모르면서 종교적인 문제를 어떻게 알 수 있는가 할 수도 있
어요. 그 가운데 하나님을 아버지로 믿을 수 있는 사람이 가
장 올바르게 사는 것 같아요. 아브라함으로 시작해서 예수
에서 완성된 성경의 이야기가 그것을 입증해요.

그럼 왜 유대교와 이슬람교와 기독교가 다를까요? 아브라
함 시대부터 이스라엘이 이집트로 잡혀갈 때까지 기독교는
씨족 신앙이에요. 모세 시대부터 예수님이 초림하시기 전
까지는 민족 신앙이고요. 예수님이 초림하신 이후부터는
인류의 신앙이에요. 예수님이 오시고 나서야 기독교가 인
류의 신앙, 인간이 도달할 수 있는 신앙이 됐어요. 그래서
우리는 이것을 받아들일 수밖에 없는 것 같아요. 신학자들
이나 목사님들은 '교리에 안 맞는다'는 말을 자주 하는데,
인간은 교리 때문이 아니고 진리 때문에 사는 것이죠. 그래
서 '그것이 진리이다. 살아 보면 진리가 정의를 찾아가서 극
복하는 일이다' 하는 것을 알게 되는 것 같아요.

예수님에게서 받아들일 수 있는 세계는 진실과 인간애 빼면 남는 것이 없어요. 진실과 인간애는 끝까지 지지해야 하는 길인 것 같아요.

여기 오다가 나 혼자 그런 생각을 했는데, 우리는 이 땅에 살면서 바다, 산 같은 것들만 보고 살잖아요. 그런데 바다 속에도 산이 있고 계곡이 있어요. 괌이나 사이판 같은 섬들을 여행하면서 배 아래 바닷속을 들여다보면 거기에 산도 있고 계곡도 있어요. 북한산이 높다고 생각하는데, 바닷속에 있는 산도 그만큼 높을 것 같아요. 요즘은 구름을 올려다보면서 그런 생각이 들었어요. 예전부터 구름을 좋아해서 자주 올려다보는데, 비행기를 타고 보면 내려다보이잖아요. 그것도 나름대로 재미있어요. 한번은 대만 북쪽에 가는데 구름이 꽉 막고 있어서 비행기가 구름을 뚫고 가야 했어요. 난기류 때문인가 뭔가에 부딪혀 튕기는 소리가 나더라고요. 또 어떤 날은 번쩍거리면서 뇌성이 생기는데, 아래서만 볼 땐 몰랐는데 비행기에서 내려다보니까 '아, 저렇게 빛이 왔다 갔다 하면서 번개가 치는구나' 하고 알겠어요. 자연을 100이라고 하면 50은 땅에 있고, 25는 하늘에 있고, 25는 바다에 있는 것 같아요. 그런 생각을 하다 보면 어느 때는 그것도 하나의 질서가 아니겠는가 싶어요.

김형석 교수의 백세 건강

한번은 송촌과 학술적으로 훌륭한 어느 분에 대해 대화한 적이 있었습니다. 그분은 동양철학뿐만 아니라 진리 탐구 측면에서 상당히 박식한 분입니다. 어학 실력이 탁월하다는 정평이 나 있는 분이기도 합니다. 지식의 깊이와 넓이가 그분만큼 깊고 넓은 사람을 저는 경험하지 못했습니다. 그분에 대한 송촌의 견해를 여쭈었습니다.

"지식은 깊고 넓기는 한데, 가만히 보면 그 사람은 뿌리가 어디 있나 싶어요. 나무는 무성하고 가지는 많지만 뿌리가 잘 보이지 않아요. '그 많은 지식이 실지로 우리가 생활하는 데 필요한가?' 하면 그건 아닌 것 같아요. 살아가는 데는 지식보다는 생활이 되어야 해요. 우리에게 필요하고 중요한 것은 '무엇을 아는가?'보다는, '무엇을 실천해야 하는가?'죠. 삶은 앎보다 포괄적이며 우위에 있기 때문이에요."

"앎보다는 삶이 가치 있고, 지식보다는 지혜가 중요하다는 말씀인가요?"

"그렇다고 말할 수 있죠."

그분을 비판한다는 인상보다는 '나도 젊어서 걸었던 길인데, 지내고 보니까 굳이 그럴 필요는 없더라' 하는 인상이었습니다. 그래서 송촌의 글과 말은 언제나 생활에서 실천할 수 있는 방법을 말하고 있는지도 모르겠습니다.

음과 양의 조화가
인간이 소망하는 최고의 모습입니다

"자연을 100이라고 하면 50은 땅에 있고, 25는 하늘에 있고, 25는 바다에 있는 것 같아요. 그런 생각을 하다 보면 어느 때는 그것도 하나의 질서가 아니겠는가 싶어요."

자연에 대한 이러한 관찰도 저에게는 언제나 새로운 느낌으로 다가옵니다. 정말로 탁월한 견해라고 생각합니다. 자연에서 찾은 송촌의 견해를 우리 몸에서 찾아 보겠습니다.

한의학에서는 "날숨은 심(心)·폐(肺)까지 내쉬고, 들숨은 간(肝)·신(腎)까지 들이쉬며, 호흡하는 사이에 비장(脾臟)이 영양분을 받아들인다"고 합니다. 이 한 문장은 인간의 생명 유지를 축약시킨 표현입니다. 그러면서 깊은 호흡을 제시합니다. 호흡은 폐를 통해서 합니다. 들숨은 하단전(下丹田)

이 있는 간·신의 부위까지 깊게 들이쉬고, 날숨은 중단전(中丹田)이 있는 심·폐의 부위까지 모두 내어 쉬는 것을 제안합니다.

아울러 인간은 태어나는 순간 첫 들숨을 쉬고 죽는 순간 마지막으로 날숨을 쉴 때까지 음식을 섭취해야 생존할 수 있습니다. 즉 사람이 생명을 유지하기 위해서는 호흡과 음식이 중요합니다. 첫 번째는 숨을 쉬어야 합니다. 숨은 날숨을 호(呼), 들숨을 흡(吸)이라고 합니다. 두 번째는 물을 마셔야 합니다. 한자로는 음(飮)이라고 합니다. 세 번째는 밥을 먹어야 합니다. 한자로는 식(食)이라고 합니다. 이런 중요한 역할을 하는 심(心)·폐(肺), 간(肝)·신(腎), 비(脾)를 합하여 오장(五臟)이라고 합니다. 그리고 호흡과 음식은 대체로 4의 숫자가 적용됩니다. 숨은 4분을 쉬지 않으면 죽습니다. 물은 4일을 마시지 않으면 죽습니다. 밥은 40일을 먹지 않으면 죽습니다. 특별한 목적이 있는 것이 아니라면 직접 실험해 보지 않기를 바랍니다.

우리는 앞서 '금궤에 넣어 둔 변하지 않는 이야기'를 통해 "해가 동쪽에서 뜰 때부터 가장 높아지는 정오까지를 양중지양(陽中之陽)이라고 하고, 정오부터 해가 서쪽으로 질 때까지를 양중지음(陽中之陰)이라고 하며, 해가 진 뒤부터 자정까지를 음중지음(陰中之陰)이라고 하고, 자정에서 일출까지는 음중지양(陰中之陽)이라고 한다"는 것을 알았습니다. 이때 양중지양은 태양(太陽), 양중지음은 소음(少陰), 음중지음은 태음(太陰), 음중지양은 소양(少陽)이라고도 하며, 이 넷을 사상(四象)이라고 합니다. 사상은 '체'(體)이고, 목·화·토·금·수(木·火·土·金·水)는 오행(五行)이라고 하여 '용'(用)입니다. 그래서 사상이 '본질'이라면 오행은 '쓰임'이라고 할 수 있습니다. 가장 쉬운 접근은 자연의 본질이 사상이라면, 인간이 있는 자연은 쓰임이 되어 오행이 된다고 할 수 있습니다.

예를 들어 자연에서 해가 뜨고 지는 것을 바라보는 인간이 있다면, 그는 어디에 있는 것일까요? 해는 관찰자가 있는 한 중앙(中央)을 중심으로 돌고 있습니다. 이렇게 중앙과 함께 사상이 더하여져 오행과 어울릴 수 있게 됩니다. 그래서 해가 떠오르는 동쪽은 소양이 되고, 오행에서는 목(木)이 되며, 계절로는 봄이 되고, 오장에서는 간(肝)에 해당합니다. 해가 가장 높이 있는 남쪽은 태양이 되고, 오행에서는 화(火)가 되며, 계절로는 여름이 되고, 오장에서는 심(心)에 해당합니다. 해가 지는 서쪽은 소음이 되고, 오행에서는 금(金)이 되며, 계절로는 가을이 되고, 오장에서는 폐(肺)에 해당합니다. 해가 가장 낮게 있는 북쪽은 태음이 되고, 오행에서는 수(水)가 되며, 계절로는 겨울이 되고, 오장에서는 신(腎)에 해당합니다. 중앙은 오행에서는 토(土)가 되며, 오장에서는 비

(脾)에 해당합니다.

오장의 위치는 심·폐는 비장(脾臟) 위에 있으며, 심은 양중지양, 태양이 되고, 폐는 양중지음, 소음이 됩니다. 간·신은 비장 아래에 있으며, 간은 음중지양, 소양이 되고, 신은 음중지음, 태음이 됩니다. 곧 송촌의 "자연을 100이라고 하면, 50은 땅에 있고, 25는 하늘에 있고, 25는 바다에 있는 것 같아요"라는 말은 자연의 본질이 되는 사상에서, 하늘에 있는 태양, 땅에 있는 소양, 소음, 바다에 있는 태음이라는 한의학적인 표현에 대입시켜도 좋을 듯합니다.

음양은 한의학 이론의 근간이 되는 사상으로, 우주의 변화를 설명하는 기본 사상이기도 합니다. 음과 양의 의미는 그 글자의 구성에서도 알 수 있습니다. 먼저 음(陰)은 阝+侌으로 되어 있습니다. 또 侌은 今+云으로 구성되어 있습니다. 즉 陰=阝+今+云입니다. 다시 말하면 음이란 지금(今) 구름(云)이 있는 어두운 곳(阝)이라는 뜻이 됩니다. 양(陽)은 阝+昜으로 되어 있습니다. 昜은 旦+勿으로 구성되어 있습니다. 즉 陽=阝+旦+勿입니다. 정리하면 양은 태양(旦)이 비치는(勿) 밝은 곳(阝)이라는 뜻입니다. 이것을 기본으로 음양은 밝음과 어두움, 뜨거움과 차가움, 위와 아래, 하늘과 땅, 불과 물 등 수 없는 상대적인 개념으로 나뉩니다.

서양 철학에도 음양의 이론이 있을까요? 제 견해로는 없지 않았던 듯합니다. 고대 그리스 철학자들의 탐구는 사물의 '본성'에 관한 것이었습니다. '만물은 무엇으로 되어 있으며 어떤 종류의 재료가 사물들을 구성하는가?', '만약 저마다 믿고 있는 신들이 전지전능하지 않다면, 무엇이 변화를 일으키는가?' 하는 의문을 가졌습니다.

고대 그리스 철학자들의 탐구를 언급하기 전에, 먼저 생각해야 할 내용이 있습니다. 만약 철학자 T가 "만물은 A이며 이것이 세상의 실체이다"라고 한마디 말을 했다고 해서, 그것이 2000년이 넘는 세월을 지나 지금 우리에게 전달되었다고 생각해서는 안 됩니다. 철학자 T는 자신의 삶을 걸고 연구하여, 결론을 내린 명제를 자신의 삶에서 증명하면서 한평생 가르쳤을 것입니다. 단지 지금 우리는 그 모든 과정은 가려진 채 "만물은 A이며 이것이 세상의 실체이다"라는 명제 하나만을 접하고 있는 것입니다.

탈레스(Thales)에게 세상의 실체는 '물'이었습니다. 즉 그는 "세상은 '물'로 이뤄졌다. 겉으로 드러나고 변화하는 모습은 다르게 보이더라도 그 본질은 '물'이다"라는 주장을 증명하고 가르쳤습니다. 아낙시만드로스(Anaximandros)에게 세상의 실체는 '아페이론'(Apeiron)이었습니다. 이것을 우리말로 번역하면 '비결정적 무한성'이라 말할 수 있는데, 이는 한쪽 끝에서부터 다른 쪽 끝까지 건너가거나 횡단할 수

　　　　　　　　　　　　　김형석 교수의 백세 건강

없는 무한의 상태로 설명할 수 있습니다. 헤라클레이토스 (Herakleitos)의 핵심 명제는 "만물은 유전한다"는 것이었습니다. 유전은 불의 운동이며 헤라클레이토스는 이 운동을 상향(上向)의 길과 하향(下向)의 길로 명명했습니다. 불의 하향의 길은 우리가 경험하는 사물들의 발생을 설명하는 것입니다. 불이 응축되면 물이 됩니다. 상향의 길은 이 과정의 정반대입니다. 물이 발산되면 불이 됩니다.

이들의 개념을 한의학적으로 정리하겠습니다. 먼저 아낙시만드로스의 아페이론은 한의학에서의 태극(太極), 또는 음양이라는 개념으로 생각할 수 있습니다. 헤라클레이토스에 의한 상향의 길과 하향의 길을 이루는 실체는 탈레스의 물과 헤라클레이토스의 불입니다. 즉 한의학에서의 수(水)는 하향의 길로 내려온 결과이며, 화(火)는 상향의 길로 올라간 결과입니다. 하향의 끝은 지(地)이며 상향의 끝은 천(天)입니다. 이런 이야기를 송촌께 말씀드린 적이 있습니다.

"플라톤의 형상론으로 검토했을 때 물, 불, 아페이론의 이데아를 한의학의 개념인 수(水), 화(火), 태극으로 이해해도 될까요?"

송촌은 "그렇게 생각할 수도 있겠네요" 하며 동의해 주었습니다.

또한 고대 그리스 철학자들의 이론 전개 중 피타고라스의

테트락티스(Tetraktys)의 도형, 파르메니데스의 낮과 밤, 히포
크라테스의 한(寒), 열(熱), 건(乾), 습(濕) 등의 표현에서 음양
오행의 흔적을 볼 수 있습니다.

음양의 영향을 받는 것은 우주(宇宙)입니다. 우(宇)는 동,
서, 남, 북, 상, 하를 확장시킨 공간적 개념이고, 주(宙)는 과
거, 현재, 미래를 뜻하는 시간적 개념입니다. 그래서 한자어
에서 말하는 우주는 무한한 과거, 현재, 무한한 미래의 '시
간'과 만물을 포함하고 있는 끝없는 동, 서, 남, 북, 상, 하의
공간의 총체로 정의합니다. 한의학에서 인간은 소우주(小宇
宙), 소천지(小天地)라고 표현하며, 우주와 천지를 닮았고, 우
주와 천지가 운행하는 방법을 본떴다고 합니다. 이런 개념
과 비슷한 표현이 성경의 창세기에도 보입니다.

> "한처음에 하느님께서 하늘과 땅을 지어 내셨다. 땅은 아직 모양을
> 갖추지 않고 아무것도 생기지 않았는데, 어둠이 깊은 물 위에 뒤덮
> 여 있었고 그 물 위에 하느님의 기운이 휘돌고 있었다. 하느님께서
> '빛이 생겨라!' 하시자 빛이 생겨났다. 그 빛이 하느님 보시기에 좋
> 았다. 하느님께서는 빛과 어둠을 나누시고 빛을 낮이라, 어둠을 밤
> 이라 부르셨다. 이렇게 첫날이 밤, 낮 하루가 지났다"(창 1:1-5).

이 내용은 즉 하늘과 땅, 빛과 어둠, 낮과 밤으로 음양의

기본 개념입니다.

> "하느님께서는 '우리 모습을 닮은 사람을 만들자! 그래서 바다의 고기와 공중의 새, 또 집짐승과 모든 들짐승과 땅 위를 기어 다니는 모든 길짐승을 다스리게 하자!' 하시고, 당신의 모습대로 사람을 지어내셨다. 하느님의 모습대로 사람을 지어내시되 남자와 여자로 지어내시고 하느님께서는 그들에게 복을 내려주시며 말씀하셨다. '자식을 낳고 번성하여 온 땅에 퍼져서 땅을 정복하여라. 바다의 고기와 공중의 새와 땅 위를 돌아다니는 모든 짐승을 부려라!'"(창 1:26-28).

성경에서의 논리도 '우주'라고 불릴 수 있는 하나님의 모습대로 만들어진 인간은 '소우주'가 됩니다.

우주의 기본 법칙은 변한다는 것입니다. 봄, 여름, 가을, 겨울이 지나고 밤과 낮이 변하듯이, 변하지 않으면 우주는 존재할 수 없습니다. 끊임없이 변한다는 것은, 곧 밤이 끝나면 낮이 되고, 낮이 끝나면 밤이 된다는 이야기입니다. 음이 다하면 양이 되고, 양이 다하면 음이 됩니다. 자연 상태에서 음인 물은 아래로 흘러내려 갑니다. 양인 불은 위로 타올라 갑니다. 그렇다면 물은 아래에만 있고, 불은 위에만 있게 됩니다. 그것은 곧 물과 불의 결별이며, 존재의 파멸이며, 인간의 죽음입니다.

하지만 음양의 법칙은 '한 곳에만 머물지 않는다'는 것입니다. 《주역》 '계사하 2장'에는 "다하면 바뀌고, 바뀌면 통하고, 통하면 오래간다"고 합니다. 즉 불이 올라가는 것이 다하면 변하여 내려오고, 물이 내려오는 것이 다하면 변하여 올라가면서 오래가는 것입니다. 이렇게 해서 물은 계속 흐를 수 있고, 불은 계속 탈 수 있게 됩니다. 자연에서 이때 작용하는 것은 태양입니다. 태양의 열에 의해 물이 하늘로 올라가 구름이 되고, 다시 구름은 비가 되어 하늘의 불을 가지고 내려옵니다. 이것이 한의학에서 말하는 수승화강입니다. 인간이 건강하게 살아 있는 동안 이 수승화강의 운동은 적절하게 계속됩니다.

그런데 수승화강의 원리는 자연이나 인체의 법칙일 뿐만 아니라, 일상생활에도 중요한 역할을 하는 조화의 원리입니다. 예를 들면 송촌은 '사랑의 메아리'에서 수승화강의 조화의 원리를 '위함'과 '사랑'이라는 표현으로 미화시킨 것을 볼 수 있습니다.

우리가 원하는 사귐과 인격 관계는 어떠한 것인가. 우리는 상대방을 소유하기 이전에 위해 주는 마음을 가져야 한다. 그리고 그 마음은 깊은 사랑에서 우러나온다. 지혜로운 부모는 자녀들을 사랑하기 때문에 위해 줄 줄 안다. 스승은 끝까지 제자들을 위해 줄 수 있을 때 스승다워진다.

부부는 서로 위해 줄 수 있을 때 행복한 가정을 만든다. 민주주의 정치는 국민들이 통치자를 위해 주며 통치자가 국민들을 위해 줄 때 가능해진다. 쉽게 생각하는 사람들은 남을 위해 줌이 자신의 성장과 완성을 가져온다는 사실을 모른다. 그러나 위해 주는 사람이 존경을 받으며, 섬기는 사람이 지도자가 되며, 이웃을 위해 희생하는 사람이 역사의 위대한 인물임을 잊어서는 안 된다.

상대방을 위한다는 것은 사랑한다는 뜻이다. 사랑하지 않는 사람을 위해 줄 수는 없지만, 사랑하는 사람을 위해서라면 자신의 모든 것을 희생시킬 수도 있는 것이 인생의 자연스러운 모습이다. 우리는 그 사실을 연인간의 사랑에서도 발견할 수 있다. 사랑과 결혼은 두 가지를 동시에 갖고 있다. 소유하려는 마음과 위해 주려는 심정이다. 사랑을 시작할 때는 소유하고 싶은 마음이 강하게 작용한다. 내가 사랑하는 사람을 소유하고 싶기 때문이다. 그러나 그 사랑이 깊어지면 우리는 소유욕보다는 위해 주는 마음이 더 깊어진다. 내가 사랑하는 사람은 누구보다도 위해 주고 싶으며 또 위해 주는 것이 인생인 것이다.

연애 시절은 소유가 앞서는 기간일지 모른다. 그러나 결혼을 하면 소유욕은 서로를 위해 주는 사랑으로 승화한다. 그러다가 자녀가 태어나면 부부는 정말로 서로를 위해 주는 단계로까지 올라간다. 자녀를 위해 남편을 더 위해 주며 자녀 때문에 아내를 더 위해 주게 된다.[9]

부모와 자녀, 스승과 제자, 통치자와 국민, 나와 이웃, 남편과 아내는 음양의 관계, 수화(水火)의 관계입니다. 하지만 위치와 신분상의 상하 관계는 아닙니다. 위함과 사랑이 반드시 필요한 관계입니다. 위함과 사랑이 없으면 그 관계는 지속할 수 없습니다. 수승화강의 조화의 원리가 있을 때 비로소 아름다워지는 관계입니다. 이처럼 수승화강의 원리는 자연, 인간의 신체뿐만 아니라 삶, 정치 등 모든 분야에 활용할 수 있습니다. 수승화강이 자연스럽고 음양이 조화를 이룬 사람을 《황제내경》의 《영추》(靈樞) '통천 편'(通天篇)에서는 음양화평지인이라고 합니다.

음양화평지인(陰陽和平之人)은 편안하고 조용하며, 거짓되고 허망하게 움직이지 않는다. 걱정하고 무서워하지 않는다. 이것은 마음속에 으뜸으로 삼는 것이 있으니 그럴 수 있는 것이다. 가난하고 신분이 낮아도 바꾸지 않고, 권위와 무력으로도 굴복시킬 수 없다. 이익과 욕심에 사로잡히지 않고, 많은 재물과 높은 지위로도 물들일 수 없으니, 그것을 기뻐

김형석 교수의 백세 건강

하지 않기 때문이다. 사람을 대할 때 말은 성실하고 신의가 있고 행동은 정성을 들이고 신중하다. 우열이나 승패를 다 투지 않는다. 시간이 가면 사물이 변하고, 세상이 바뀌면 풍속도 바뀐다. 이때마다 세상에 모범이 되어 표준과 법칙에 따라 어느 때든지 적절하게 변화한다. 지위가 높아도 뜻은 자신의 몸을 낮추고 남에게 양보한다.

음양화평지인은 겉으로 보기에 여유 있고 차분하며 행동이 큼직큼직하고 태도가 온화하여 다른 사람을 공경한다. 주위 환경에 적절하게 반응하며, 태도가 엄숙하고 품행이 단정하며, 남들을 대할 때 온화하고 상냥하며, 기분은 기뻐하고 즐거워하는 듯하며, 마음 씀씀이는 두루 돌봐 주며, 큰 뜻이 있어 작은 일에 구애 받지 않는다. 사람마다 존경과 사랑의 대상이 된다.

우리가 바라보는 송촌의 모습 그대로입니다. 송촌은 한의학에서 말하는, 인간으로서 소망할 수 있는 최고의 모습인 음양화평지인입니다. 그런데 송촌은 음양이라는 단어를 사용하시지 않습니다. 사랑이라는 단어를 사용하십니다. 송촌에게서의 사랑은 제가 보는 음양의 조화, 수승화강입니다. 그래서 저도 지금까지 가졌던 수승화강에 대한 개념을 한 단계 높이는 계기가 되었습니다. 제가 송촌을《황제내경》과

《의학입문》에서 찾아본 것처럼, 그분을 만나고 느낀 수승화 강의 개념을 성경에서 찾아봤습니다.

"내가 인간의 여러 언어를 말하고 천사의 말까지 한다 하더라도 사랑이 없으면 나는 울리는 징과 요란한 꽹과리와 다를 것이 없습니다. 내가 하느님의 말씀을 받아 전할 수 있다 하더라도 온갖 신비를 환히 꿰뚫어 보고 모든 지식을 가졌다 하더라도 산을 옮길 만한 완전한 믿음을 가졌다 하더라도 사랑이 없으면 나는 아무것도 아닙니다. 내가 비록 모든 재산을 남에게 나누어준다 하더라도 또 내가 남을 위하여 불 속에 뛰어든다 하더라도 사랑이 없으면 모두 아무 소용이 없습니다.

사랑은 오래 참습니다. 사랑은 친절합니다. 사랑은 시기하지 않습니다. 사랑은 자랑하지 않습니다. 사랑은 교만하지 않습니다. 사랑은 무례하지 않습니다. 사랑은 사욕을 품지 않습니다. 사랑은 성을 내지 않습니다. 사랑은 앙심을 품지 않습니다. 사랑은 불의를 보고 기뻐하지 아니하고 진리를 보고 기뻐합니다. 사랑은 모든 것을 덮어주고 모든 것을 믿고 모든 것을 바라고 모든 것을 견디어 냅니다. 사랑은 가실 줄을 모릅니다. 말씀을 받아 전하는 특권도 사라지고 이상한 언어를 말하는 능력도 끊어지고 지식도 사라질 것입니다. 우리가 아는 것도 불완전하고 말씀을 받아 전하는 것도 불완전하지만 완전한 것이 오면 불완전한 것은 사라집니다.

김형석 교수의 백세 건강

내가 어렸을 때에는 어린이의 말을 하고 어린이의 생각을 하고 어린이의 판단을 했습니다. 그러나 어른이 되어서는 어렸을 때의 것들을 버렸습니다. 우리가 지금은 거울에 비추어보듯이 희미하게 보지만 그때에 가서는 얼굴을 맞대고 볼 것입니다. 지금은 내가 불완전하게 알 뿐이지만 그때에 가서는 하느님께서 나를 아시듯이 나도 완전하게 알게 될 것입니다. 그러므로 믿음과 희망과 사랑, 이 세 가지는 언제까지나 남아 있을 것입니다. 이 중에서 가장 위대한 것은 사랑입니다"(고전 13:1-13).

송촌의 백세 인생은
참사랑을 실천하는 길이었습니다

산을 오르다 나무 그루터기에 걸터앉았습니다. 숨을 돌리며 돌아보니 나무들이 산을 빼곡하게 채우고 있었습니다. 계절마다 마주하는 나무는 그때마다의 매력이 있습니다. 문득 옆에 있는 밑동만 남은 나무를 쳐다보다가 오랜만에 나이테를 발견했습니다. 나이테에는 그 나무가 이제까지 겪어온 환경이 고스란히 드러나 있습니다. 봄, 여름은 나이테가 옅고 넓습니다. 가을, 겨울은 짙고 가늡니다. 이런 나이테를 통해 이 나무가 어떤 사계절을 지냈는지, 햇빛과 강수량은 적절했는지 엿볼 수 있습니다. 이렇듯 나무는 해마다 자기 몸속에 테를 하나씩 만듦으로써 기후와 환경 정보를 촘촘히 새깁니다.

사람에게는 나이테가 없습니다. 하지만 살아온 것들을 몸 구석구석에 새기면서 살아갑니다. 제 오른 무릎 바로 위에 난 생채기는 초등학교 때 썰매를 만들려고 톱질을 하다가 긁힌 상처입니다. 왼쪽 손등의 딱지는 며칠 전 고양이와 장난치다가 고양이가 남긴 흔적입니다. 여기저기 찾아보면 남겨진 자국들이 곳곳에 숨어 있습니다. 가만 생각해 보면 이렇게 겉으로 드러나는 자취만 있는 것이 아닙니다. 초등학교 때 첫사랑이 떠오르고, 아들딸과 함께 내려다 본 백록담이 그려집니다. 무라카미 하루키가 들려주던 담담한 목소리 《노르웨이의 숲》, 루 안드레아스 살로메의 열정과 사랑의 삶《나의 누이여, 나의 신부여》, 용기탱천(勇氣撑天)하여 깨닫지 않으면 돌아오지 않겠다고 들고 나섰던 《주역》. 모두 다 어렴풋한 기억과 낡은 책으로만 남아 있습니다. 어제 만난 친구와 나눴던 이런저런 세상 사는 이야기, 내일 만날 친구와 나눌 우리 주변 이야기들도 내 머릿속 어딘가에는 나이테가 되어 남아 있는, 또 남겨질 수 있는 것들입니다.

나이테는 한가운데부터 밖으로 생겨납니다. 지금 눈앞에 드러난 맨 겉면은 나무가 맨 처음 입었던 옷입니다. 과연 나의 맨 처음 경험은 무엇이었을까요? 태어나기 전부터 심장은 뛰고 있었습니다. 어머니의 비명에 가까운 신음 소리는 기억에 없습니다. 내 눈꺼풀 너머로는 엄청난 빛이 나를 자극하고, 세상에서 처음으로 숨을 들이쉽니다. 놀라움과 낯선 새로움. 아마 나에게는 불안이었을 것입니다. 그 불안은 곧바로 울음소리로 드러났을 것입니다. 따뜻한 어머니의 뱃속으로부터의 이탈로 벌어지는 충격도 있었을 것입니다. 내 뇌에서는 이 모든 충격을 수습하느라 바빴을 것입니다. 하지만 너무 졸려 잠들었을 것입니다. 꿈속에서는 금방 벌어진 천지가 개벽하는 경험을 외면하면서 어머니의 뱃속을 찾아갔을 것입니다.

아리스토텔레스의 《형이상학》에는 이런 구절이 나옵니다. "모든 인간은 본래 앎을 욕구한다. 이 점은 인간이 감각을 즐긴다는 데에서 드러난다. 우리는 쓸모를 떠나 감각을 그 자체로 즐기는데, 다른 어떤 것들보다도 특히 '두 눈을 통한 감각'을 즐긴다." 아마도 그가 이 책을 쓸 때, 태어날 때 겪었던 처음의 경이(驚異)가 강렬하게 떠올랐던 것 같습니다.

어머니의 뱃속에서 그동안 나를 지켜 줬던 탯줄은 끊어져 더는 내 몸에 영양을 주지 않습니다. 그것은 허기로 다가옵니다. 또 다시 놀라움과 낯선 감각에 나는 울 수밖에 없습니다. 할 수 있는 것은 단지 우는 일뿐입니다. 어머니는 불어난 젖을 물렸습니다. 난 젖을 물고 어머니의 포근한 품에서 안도합니다. 떠나온 고향을 찾은 느낌입니다. 그리고 그대로 고향을 꿈꾸며 잠이 듭니다. 이렇게 먹고 자고를 반복하다가 곧 익숙해집니다. 처음으로 행복을 느낍니다.

이상한 일입니다. 아랫도리가 따뜻하다가 점점 차가워집니다. 편하지 않은 느낌으로 잠에서 깹니다. 내가 할 수 있는 유일한 기술은 아직도 울음뿐입니다. 어머니가 뽀송뽀송한 새 기저귀로 바꿔 줍니다. 난 포근한 품에서 젖을 물고 안도하다 잠이 듭니다. 또 고향을 유영하는 꿈을 꿉니다. 그러는 동안 뇌척수액이 뇌 속의 독소와 노폐물을 제거합니다.

몸무게의 2퍼센트에 불과한 뇌가 20퍼센트가 넘는 에너지를 사용하는 것은 '파충류의 뇌'와 '포유류의 뇌'를 넘어서는 '영장류의 뇌'에서 입니다. 그것은 인간의 생존과 감정을 넘어서는 인지의 과정입니다. 프로이트는 파충류의 뇌를 원초아(id), 포유류의 뇌를 자아(ego), 영장류의 뇌를 초자아(superego)라고 부릅니다.

원초아는 본능, 즉 성격의 타고난 부분을 가리키며 '쾌락 원리'를 따릅니다. 쾌락 원리의 목적은 원하는 것, 즉 자신의 욕구를 즉각적으로 만족시키는 것입니다. 충족되지 못한 욕구는 긴장 상태를 유발합니다.

자아는 마음 또는 인격의 일부로, 감각을 통해서 주위 환경과 접촉하며, 감각 기능으로 외계를 지각하고 평가합니다. 맹목적인 원초아의 충동과 초자아의 이성과 양심 사이에서 용납할 수 있는 타협점을 찾습니다. 행동을 통제하며 반응할 환경의 특징을 선택하고 어떤 본능을 어떤 방법으로 만족시킬 것인지를 결정하기 때문에, 자아는 '성격의 실행자'라고 불립니다.

초자아는 곧 양심으로, 자아가 여러 가지 방어기제를 쓰게 합니다. 양심은 본능의 직접적이고 무의식적인 원초아의 충동을 막아섭니다. 또 초자아는 우리가 닮고 싶은 부모나 스승의 모습과 동일화하고, 그들의 언어와 행동을 흉내 내는 '자아 이상'으로서 기능합니다. 즉 우리 인격의 일부라고 볼 수 있습니다. 초자아는 쾌락보다는 완성을 향해 노력합니다. 일반적으로 볼 때 원초아는 동물적 구성 요소이고, 자아는 심리적 구성 요소이며, 초자아는 사회적 구성 요소로 생각할 수 있습니다.

송촌은 '최선의 건강은 최고의 수양과 인격의 산물'이라고 합니다. 겉으로 드러나는 건강이란, 나무의 나이테처럼 안으로부터 착실하게 차오르는 수양과 인격으로부터 비롯된다는 의미입니다. 사서의 하나인 《대학》(大學)에서는 수신·제가·치국·평천하(修身 · 齊家 · 治國 · 平天下)의 시작은 '사물의 이치'(物格)라고 하는데, 이는 형이상학(形而上學)의 모습으로 이상적입니다. 프로이트의 원초아, 자아, 초자아의 개념은 형이하학(形而下學)의 모습이기는 해도 현실적입니

김형석 교수의 백세 건강

다. 형이상학적이든 형이하학적이든 우리 모두와 똑같이 원초아의 영향을 받았을 송촌은 어떤 나이테를 그리며 초자아를 찾았을까요? '자아 발견을 위하여'[10]라는 송촌의 글은 이에 대해 구체적이며 현실적인 방향을 알려 줍니다.

우리의 일생이란 어떤 의미에서는 자신을 발견해 가는 과정이라고 보아도 좋을 것이다. 자신을 발견하여 선한 능력을 충분히 발휘한 사람을 가리켜 성공한 인물이라고 말할 수 있다. 그 일에 실패한 사람을 인생의 낙오자라고 볼 수도 있다. 자신을 발견한다는 것은 그 사회와 주어진 시대의 한 구성원으로서 책임을 다한다는 뜻도 되기 때문이다.

물론 전연 스스로를 발견하지 못하고 사는 사람이 있다고는 생각하지 않는다. 그렇다고 유감없이 자아를 발견하고 산 사람이 많다고 말하기도 곤란하다. 문제는 우리 각자가 어느 정도 스스로를 발견하고 있는가에 달려 있다. 거의 자신을 발견하지 못하고 일생을 본래성과 환경에만 맡겨 버리는 사람이 있는가 하면, 충분히 자신을 발견한 덕분에 타인들에게까지 좋은 교훈을 남기는 사람도 적지 않았다. 그 책임은 우리 각자에 달렸다고 생각한다. 내가 나 자신을 어느 정도 발견하고 있으며 또 그 때문에 얼마나 높고 보람 있는 삶을 영위하고 있는가가 관건이다.

옛날 소크라테스는 "너 자신을 알라"고 수없이 되풀이했던 모양이다. 그러나 그의 뒤를 계승해 온 서구 사회의 지도자들도 소크라테스가 만족할 만큼 자신을 발견하고 살았다고는 생각하지 않는다. 아우구스티누스, 파스칼, 키르케고르 같은 몇 사람들이 그 책임을 감당했을 뿐이다. 깊은 의미의 자아 발견이란 결코 용이한 일이 아니었던 것 같다. 그러나 우리의 과제는 이런 철학적 문제를 위해서가 아니다. 어떻게 살며 무엇을 할 것인가에 대한 구체적이며 현실적인 어려움까지도 포함시킨 자아 발견의 문제를 얘기하고 싶은 것이다. 자아 발견이란 이론이기보다 생활의 문제이며, 원리나 법칙이기보다 행동과 실천의 조건이 되어야 한다고 생각한다.

(중간 생략)

이러한 단계가 지나면 제3의 자아 발견이 찾아들게 된다. 자신의 취미, 성격, 소질을 발견한 사람은 자연히 자신의 남과 다른 개성을 깨달아 자기에게 맞는 인생의 진로를 택한다. 그리고 나서 그 택한 분야에서 노력과 경험을 쌓아 나간다. 공부도 하며 일터도 가지며 생활의 길을 개척하기도 한다. 말하자면 스스로를 키워 가면서 자기 중심의 생활을 개척, 전진시켜 나간다. 우리가 뜻하는 제3의 자아 발견의 시기가 찾아온 것이다. 그때에 느끼는 자아 발견의 과제는 '아아, 이렇게 사는 것이었구나' 하는 자각이다. 생활 방법의 모색이며 생활관의 발견인 것이다. 한 가지의 생활 방법이나 아무런 생활관도 얻지 못한 채로 일생을 살아간다면 그는 불행할 것이며 대개의 경우 실패로 이어질 것이다. 도구를 가지지 않고 맨손으로 땅을 판다면 도저히 남을 따라갈 수도 없으며 자신이 뜻하는 성과에도 도달하지 못할 것이다. 필요한 것은 생활 방법이며 삶에 대한 어떤 신념이다. 이러한 자각은 이를수록 좋으며 늦으면 늦을수록 손해다. 한 사람의 성공과 실패를 결정짓는 것은 대개 그의 장년기를 어떻게 보내는가에 달려 있다. 그러므로 일찍 어떤 생활관을 갖게 된다면 그만큼 그는 많은 일을 올바르게 이끌어 나갈 수 있으며 성공으로의 길을 빨리 발견하게 된다.

그러면 이 제3의 자아 발견의 과정이란 어떤 것이며 또 그 내용은 무엇을 의미하는가? 쉽게 말하면 이웃들과 사회 속에서 살아가는 동안 어떤 생활의 신념과 인생의 뜻을 발견하는 일이다. 예를 들면, '시간을 활용하는 사람은 보다 많은 일을 할 수 있으며 그것이 성공의 비결이다'라고 믿는 신념. '나는 칠십 평생을 살면서도 악질적인 이기주의자 가정에서 선한 자식이 나는 것을 보지 못했다'라는 생각. '근면은 선 중의 선이지만 게으름은 악 중의 악이다'라고 믿는 태도. '남을 위하면 자신도 도움을 받으나 남을 해치는 일은 그 결과가 자신에게로 돌아온다'와 같은 교훈. '성실은 모든 생활과 자세의 근본'이라고 믿는 생각. 이런 모든 것이 우리 생활의 신념이다. 남에게서 들은 것이 아니라 내가 체험해서 얻은 것이며, 누구의 교훈이나 설교에서 얻은 것이 아니라 내 생활에서 내가 터득한 생활의 진리인 것이다.

이러한 신념을 가지고 사는 사람은 바르게 살며 값있는 삶의 결과를 남기게 되어 있다. 그러나 아무 신념도 얻지 못한 사람은 결국 남이 사는 대로 살다가 남들과 같이 끝나고 만다. 유혹을 이겨 나가지도 못하며 사회악을 극복할 능력이나 자신을 갖지도 못한다. 그러나 우리는 적어도 장년기를 맞이하는 모든 사람이 다 같이 지녀야 하는 몇 가지의 생활 신념, 누구도 부정할 수 없는 근본적인 삶의 자세를 갖추어야 한다고 생각한다. 모두가 다 같은 생각을 할 수는 없겠지만 다음과 같은 것은 그 실례가 될 것이다.

근면과 창의성을 살려 나가는 개인이나 민족이 발전, 번영, 행복을 누리게 된다는 생각이다. 태만이 즐거움과 행복을 가져다 준 일이 없으며, 게으름의 결과가 향상과 발전을 가져 온 경우는 없었다. 게으른 개인도 불행했지만 태만한 민족이 번영하고 잘산 유래가 없다. 그러나 근면은 항상 개선과 향상을 가져왔고 새로운 창의성을 북돋워 주었기 때문에 더 빠른 발전과 더 놀라운 향상을 가능케 해 준다.

따라서 근면과 창의성을 믿고 그대로 사는 개인이나 민족은 반드시 발전과 번영과 영광을 누리도록 되어 있다. 링컨, 벤자민 프랭클린, 처칠, 슈바이처 같은 이들이 다 그렇게 살았다. 우리나라의 이순신 장군 같은 이도 그 대표적인 한 사람이었을 것이다. 그들이 얼마나 부지런했으며 많은 업적들을 남겼는가는 더 물을 필요조차도 없다. 그와 반대로 아무런 창의적인 노력도 없는 사람이 업적을 남긴 예는 없으며 게을렀던 사람이 발전과 향상을 가져온 일도 없다.

우리가 다 같이 인정할 수 있는 또 하나의 신념은, 인간은 마침내 이웃과 사회를 위할 수 있을 때 삶의 보람을 얻게 된다는 것이다. 대부분의 사람은 별다른 비판도, 자각도 없이 그저 살아간다. 이러한 삶을 그대로 내버려 두면 종국에는 나와 가정을 위한 생활에 국한되며, 그것으로 인생을 끝내고 만다. 그가 아무리 재산을 모으고 세상에서 자랑스레 살았다 해도 결국은 자신과 가족을 위하여 물질적인 무엇이나 행복의 조건을 남겼을 뿐 사회와 역사에 남긴 것은 없는 것이다. 만일 그렇게 사는 것으로 만족한다면 그는 진정한 의미에서 인생의 반밖에는 못 산 것이 된다. 아직도 삶의 뜻 있는 여백이 너무나 많이 남아 있기 때문이다.

적어도 우리가 이웃과 사회를 위하여 무엇인가를 남겨 줄 수 있을 때, 그들에게 어떤 업적을 나눠 줄 수 있을 때, 나머지 절반 인생도 비로소 사는 것이라고 생각한다. 우리의 삶이란 인격적 사귐이다. 이는 서로 악을 배제하고 선한 뜻과 인격을 나누는 것이다. 여기에 삶의 본질이 나타난다. 그것이 인생이며, 그렇게 하지 않고는 살아갈 수가 없다. 불행한 개인과 고통을 겪고 있는 민족들 대부분은 이러한 정신적 자세를 상실하고 살아온 것이다.

따라서 우리는 서로 도울 수 있고 남에게 협력, 봉사할 수 있을 때 우리 모두가 행복과 참된 삶의 가치를 누릴 수 있다는 신념을 잃지 않아야 한다. 이러한 생활의 신념을 찾아 누리게 된다면 우리는 자연히 '구십구의 악은 자취를 감추지만 하나의 선은 영구히 남게 된다'는 신념에 이르게 된다.

옛날부터 사람들은 세계사는 곧 세계 심판이라고 믿어 왔다. 선과 악은 반드시 그 결과를 가져온다는 믿음이다. 그것이 양심의 교훈이며 삶의 지침이었다. 그러나 우리 중에는 그 뜻을 믿지 않는 사람도 있으며 그 정신을 가벼이 여기는 이들이 있다. 물론 하루아침에 모든 사람이 다 같이 선악을 가리는 양심의 소유자가 되기는 쉽지 않다. 때로는 무엇이 선이며 무엇이 악인가를 구별하기 어려운 경우도 있다. 그러나 우리가 믿고 주장하는 바는 끝까지 악을 멀리하고 선을 택하는 생활을 버리지 말아야 한다는 것이며, 그 뜻이 사라지지 않는 한 역사는 발전하고 인류 생활에는 행복이 찾

아들 것이다. 그리고 이러한 뜻은 누구도 버리거나 배척할
수는 없으리라고 믿는다.

우리는 우리가 발견할 수 있는 가장 고귀하면서도 공통적
인 신념의 일례로 몇 가지 자세를 말했다. 이러한 생활 신
념과 생활관의 발견이 다름 아닌 제3의 자아 발견이 아닐까
생각했다. 이제 이러한 생활관과 신념이 확립되어 얼마의
세월이 지나게 되면 그는 그 결과로 어떤 사명감과 나아가
서는 인생관까지도 얻게 된다. 생활관 자체에 바라는 바가
있었기 때문이다. 또한 삶의 결실이 거듭해서 쌓이게 되면
그것이 그대로 높은 사명 의식이 된다. 물론 모든 사람이 다
이러한 사명감과 인생관을 가지게 된다고는 생각하지 않는
다. 그러나 지혜와 성실함을 지닌 사람은 대개가 이러한 제
4의 자아 발견에까지 도달하게 된다고 생각한다.

나는 이 일을 위하여 살아왔으며, 또 이 사명 때문에 죽어
도 좋겠다는 신념이다. 우리가 일생을 걸고 싸울 만하며 생
명을 바쳐 일하고 싶은 한 신념과 사명에 도달한다면 그것
은 우리의 영광스러운 자세이며 노력해서 얻을 수 있는 최
고의 과제라고 보아도 좋을 것이다. 그리고 이 사명감의 발
견이 다름 아닌 가장 높은 자아 발견과 연결되는 길이다. 적
어도 어떤 사명감을 발견하기 위해서는 그 사회와 역사적
현실을 알아야 하며, 그 모든 것을 바르고 영구한 터전 위에

세울 수 있다는 신념을 동반해야 하기 때문이다.

우리가 존경하는 역사의 빛나는 인물들이 모두 그런 뜻에서 살아온 사람들이었다. 영구히 있어야 할 것을 위하여, 누구나 누려야 할 뜻을 위하여, 가장 보람 있는 삶을 택했던 사람들이었다.

만일 우리의 삶이 이렇게 영구한 무엇과 일치될 수 있다면 그것이 바로 최후의 뜻이며 나아가서는 자아 발견의 가장 귀한 지표이다. 가능하다면 자아 발견의 길이 이러한 위치와 목적에까지 도달하기를 바란다.

송촌은 '우리 일생은 자신을 발견해 가는 과정'이라고 하십니다. 그리고 우리가 생활 속에서 행동하고 실천할 수 있는 자아 발견의 마지막 목적지를 '사명감'이라고 하십니다. 그 목적지로 가려면 '선한 능력 → 자각 → 신념 → 근면과 창의성 → 지혜와 성실함'의 계단을 올라야 합니다. 그리고 마침내 도착한 '영구히 있어야 할 것', '누구나 누려야 할 뜻'을 위하여 보람 있는 삶을 택하는 '사명감'이 자아 발견의 가장 귀한 지표입니다.

사명감은 무엇일까요? 역사상 가장 강한 사명 의식을 가졌던 사람은 공자였습니다. 송촌은 요즘도 《논어》를 즐겨 읽으십니다. 《논어》 속 대화는 생각하고 움직이는 공자의 모습을 보여 줍니다. 이때 공자는 혼자 동떨어져 있는 개인이 아니라 인간관계의 중심으로 그 모습을 드러냅니다. 실제로《논어》의 말씀은 공자의 인품, 즉 야망, 공포, 환희, 신념, 자기 발견을 그대로 보여 줍니다.

공자를 초점으로 하는 이 같은 농축된 말씀을 편찬한 목적은 논증이나 사건의 기록을 위한 것이 아니고, 독자들이 지금도 계속되는 대화에 직접 참여하도록 유도하는 것입니다.《논어》를 통해 독자들은 수세기 동안 공자와의 대화에 직접 참여하는 장엄한 의식을 재현하게 되는 것입니다.

《논어》'위정 편 4장'에 나오는 다음 문장은 공자의 정신사(精神史)에 대한 짧은 자서전적 기술로 가장 중요한 신상 발언 가운데 하나입니다. 송촌이 표현하는 '선한 능력 → 자각 → 신념 → 근면과 창의성 → 지혜와 성실함'의 계단을 올라가는 듯합니다.

나는 15세가 되어서 학문에 뜻을 두었고, 30세가 되어서 학문의 기초를 확립했고, 40세가 되어서는 판단에 혼돈을 일으키지 않았고, 50세가 되어서는 천명을 알았고, 60세가 되어서 귀로 들으면 그 뜻을 알았고, 70세가 되어서는 마음이 하고자 하는 대로 하여도 법도에 벗어나지 않았다.

여기서 공자의 일생은 배움이 끊임없는 자기실현의 과정이라는 그의 이상을 구체적으로 볼 수 있습니다. 한번은 한 사람이 자로에게 공자가 어떤 사람이냐고 물어 봅니다. 그런데 제자인 자로가 공자의 인물됨을 잘 표현하지 못합니다. 그때 공자는 자로에게 이렇게 말합니다. "너는 왜 '공자의 사람됨이 학문에 열중하면 식사를 잊고 '도'를 즐기면 근심을 잊어, 늙음이 닥쳐오리라는 것조차 모르고 계십니다'라고 말하지 않았느냐?"(술이 편 18장).

공자의 모습은 성경 속의 예수님이 하나님의 아들이라고 하는 장면과도 연관됩니다. 그런데 성경 속의 예수님은 공자의 인품과 같은 모습을 보여 주면서, 더 나아가 하늘나라와 구원을 약속한다는 차이점이 있습니다.

사명감과 공자와 예수님의 관계를 송촌이 중학교 3학년 때 벌어진 사건과 연관하여 생각해 보겠습니다. 당시 송촌이 다니던 학교의 교장 맥큔이 일본이 강요하는 신사 참배를 반대했다는 이유로 학교를 떠나야 하는 날이었습니다. 그날 오전 채플 시간의 분위기는 삼엄했습니다. 일본 경찰들이 강당을 둘러싸고 있었으며, 형사들이 강당 뒷방에서 경찰서로 통하는 전화통을 붙들고 감시하는 분위기였습니다. 500명의 학생들 앞에 나타난 맥큔 교장은 오른쪽 주먹을 불끈 쥐고 팔을 높이 들면서 "하라!"(Do!)라는 고함을 일곱 번 외쳤습니다. 그리고 교장의 두 눈에서 눈물이 흘러내렸습니다. 그것이 학생들이 본 맥퀸 교장의 마지막 모습이었습니다. 그날 강당을 나올 때 학생들은 모두 맥퀸 교장의 책을 한 권씩 선물로 받았습니다. 《인생 문제와 그 해결》이라는 한국어로 된 빨간 표지의 책이었습니다. 그 책의 서문에 "언제나 어려운 문제에 부딪혔을 때는 '예수께서는 이 문제를 어떻게 하셨을까?'를 물어 해결을 얻으라"는 내용이 적혀 있었습니다.

송촌은 《논어》보다 성경을 먼저 읽었던 듯합니다. '왜 성경에도 충분한 가르침이 있는데 논어를 읽었을까? 또 왜 철학을 연구했을까? 왜 성직자나 목사가 되지 않았을까?' 하는 궁금증이 생긴 적이 있습니다. 제가 얻은 답은 그것이 예수님이 주신 은총의 선택이었습니다. 그 근거는 무엇일까요? 그것은 예수님의 수학과 관련이 있습니다. 예수님의 수 개념은 우리와 같지 않습니다. 예수님은 잃었던 양 한 마리 비유에서는 "회개할 것 없는 의인 아흔아홉보다 죄인 한 사람이 회개하는 것을 하늘에서는 더 기뻐할 것이다"(눅 15:7)하고 말씀했습니다. 잃었던 은전 비유에서는 "잘 들어두어라. 이와 같이 죄인 하나가 회개하면 하느님의 천사들이 기뻐할 것이다"(눅 15:10)라고 하셨습니다. 여기에서 예수님의 수 개념은 길 잃은 한 마리 양, 잃어버린 은전 한 닢이 나머

지보다 더 큽니다. 우리가 사는 세상에서 생각하자면, 송촌은 모국어(성경)를 아는 사람 보다, 모국어를 모르는 사람에게 복음을 전하기 위해, 외국어(논어, 철학)를 공부한 셈입니다. 왜냐하면 그 하나가 나머지보다 더 기쁜 일이기 때문입니다.

예수님의 이상한 수학은 성경의 다른 곳에서도 볼 수 있습니다. 포도원 일꾼의 품삯 비유(마 20:1-16)에서는 이른 아침, 아홉 시, 열 두 시, 오후 세 시, 오후 다섯 시에 온 사람에게 똑같이 한 데나리온을 품삯으로 줍니다. 여기서는 사랑의 나눔을 암시합니다. 달란트의 비유(마 25:14-30)에서는 어떤 사람이 다섯 달란트, 두 달란트, 한 달란트를 종에게 맡기고 떠납니다. 얼마 뒤 주인이 돌아 왔을 때 다섯 달란트를 받은 사람이 번 다섯 달란트, 두 달란트를 받은 사람이 번 두 달란트에 대해서는 칭찬을 하지만, 한 달란트도 벌지 못한 사람의 한 달란트를 열 달란트를 가진 사람에게 줍니다. 여기서 달란트는 하늘나라를 위한 사명감을 의미합니다.

즉 송촌에게는 예수님에게서 배운 사랑과 진리를 모두에게 나눠 주는 것이 하늘나라를 위한 사명감이자 행복입니다. 송촌에게 그 길은 성직자나 목사의 길이 아니었습니다. 철학자의 길도, 수필가의 길도 아니었습니다. 그 모든 것을 아우르는, 참사랑을 실천하는 '한 사람'의 길이었습니다.

선한 행위는

선한 인식에서 시작합니다

《황제내경》의 《영추》 '본신 편'(本神篇)에는 한의학적인 자각, 인지의 과정에 대한 설명이 있습니다. '본신'은 '뿌리는 정신에서'라고 해석하면 좋을 듯합니다.

　하늘이 나에게 준 것은 '덕'(德)이고, 땅이 나에게 준 것은 '기'(氣)입니다. '덕'은 밑으로 흐르고, '기'가 위로 함께하여 사람이 살아갑니다. 생명의 근원은 '정'(精)이라고 하고, 부모의 두 '정'이 서로 교합한 것이 '신'(神)입니다. '신'을 따라 오고 가는 것을 '혼'(魂)이라고 하고, '정'과 함께 들고 나는 것을 '백'(魄)이라 합니다. 이렇게 외부 환경의 자극에 대응하는 것을 '심'(心), 곧 '마음'이라 합니다.

사물에 의미를 두는 것은 마음입니다. 마음이 기억하고 추억하는 것은 '의'(意), 곧 '뜻'입니다. 뜻이 있는 것은 '지'(志), 곧 '의향'입니다. 의향으로 말미암아 달라지는 것은 '사'(思), 곧 '생각'입니다. 생각으로 말미암아 이목이 미치지 못하는 곳까지 바라는 것은 '려'(慮), 곧 '꾀함'입니다. 꾀함으로 말미암아 모든 일에 마음을 두는 것은 '지'(智), 곧 '슬기'입니다.

그러므로 슬기로운 사람의 양생 방법은 반드시 네 계절을 따르고 춥고 더운 것에 맞추며 기뻐하고 화나는 감정에 조화하여 자신이 머무는 곳을 편안하게 합니다. 음양과 강유(剛柔)를 마디마디 어우러지게 맞춥니다. 이렇게 하여 질병이 이르지 못하게 하고 오래 살고 멀리 보는 것입니다.

하나님은 나를 이 땅에 태어나게 하셨습니다. 이것부터가 다함없는 은혜입니다. 겉모습으로는 머리카락에서 피부에 이르기까지 신체라는 그릇을 주셨습니다. 그리고 그릇 안에는 '기', '정', '신'이 담겨 있습니다. '혼', '백'이 정신과 함께하면서 우리의 마음을 이룹니다.

사물에 의미를 두는 것을 '심'(心), 곧 마음이라 합니다. 사물에 의미를 두기 전까지는 사물은 사물이고 마음은 마음입니다. 따로 있는 것입니다. 어쩌면 '있다'는 개념 자체도 없

김형석 교수의 백세 건강

습니다. 즉 인지의 첫 단계는 대상을 향하여 마음을 두는 것으로 시작합니다.

마음이 기억하고 추억하는 것은 '의'(意), 곧 뜻입니다. 한 가지 생각이 생겨 마음이 기울기는 했지만 아직 뚜렷하게 정해지지 않은 것을 말합니다. 즉 인지의 두 번째 단계로 마음에 두었던 것을 비로소 기억하여 뜻을 품는 단계입니다. 그러나 이 단계는 어떤 결정에 이르지는 않습니다. 때로는 단기 기억을 의미하기도 합니다.

뜻이 있는 것은 '지'(志), 곧 의향입니다. 뜻을 정하고 확실히 내세운 것을 말합니다. 이 단계에서는 기억 속에 남아 있는 뜻을 오랫동안 지니고 있습니다. 인지의 세 번째 단계입니다. 때로는 현재의 의식 속에는 없지만 저장되어 있다가 상기 가능한 장기 기억을 의미하기도 합니다.

의향으로 달라지는 것은 '사'(思), 곧 생각입니다. 의향으로 말미암아 달라진다고 하는 것은 의지가 비록 정하여졌지만, 이렇게 저렇게 궁리하고 반복하는 것을 말합니다. 이것은 기억을 토대로 저장과 변화의 과정을 겪은 후 나타나는 사고의 과정을 말합니다. 인지의 네 번째 단계입니다. 즉 뜻에 근거하여 모든 사물의 변화를 연구하고 고찰하는 단계라고 할 수 있습니다. 또 어떤 문제를 사고하는 과정으로써 두뇌를 이용하여 해결점을 찾는 과정을 의미합니다.

생각으로 이목이 미치지 못하는 곳까지 바라는 것은 '려'(慮), 곧 꾀함입니다. 꾀함은 이미 전 단계에서 인지된 직접적인 대상으로부터 벗어나서 간접적인 대상으로까지 사고가 진행됩니다. 심지어는 아직 경험하지 못했던 개념이나 형상까지 추론하는 단계입니다. 인지의 다섯 번째 단계입니다. 또한 꾀함은 세밀한 사고를 통하여 미래의 행동을 계획함으로 심사숙고하여 해결책을 찾아내는 창의적 과정을 의미합니다.

꾀함으로 모든 일에 마음을 두는 것은 '지'(智), 곧 슬기입니다. 슬기는 지금까지의 사고 과정을 통합하여 뚜렷하고 구체적인 자기 의사를 발현하는 단계입니다. 인지 기능의 마지막 단계이며, 인지 작용이 행동으로 나타나는 단계입니다. 또한 생각과 꾀함의 기초 위에서 외계의 사물을 정확하게 처리할 수 있는 것이 슬기입니다.

마음 → 뜻 → 의향 → 생각 → 꾀함 → 슬기의 과정을 송촌과 함께 북경 오리 식당에서 식사하는 과정으로 예를 들어 보겠습니다. 여기 북경 오리가 있습니다. 코로 냄새를 맡고 눈으로 음식을 봅니다. 비로소 마음이 생깁니다. 마음이 북경 오리를 기억하고 맛있었던 추억을 불러와 침이 나옵니다. '먹고 싶다'는 뜻이 생깁니다. 곧이어 '먹어야겠다'는 의향으로 넘어왔습니다. 그런데 '먹어야겠다'와 '먹어도 될

김형석 교수의 백세 건강

까?'를 반복해서 생각하다가, 아직 자리에 함께하지 못한 한 사람에게 신경이 쓰입니다. 그래서 그 사람을 위해 따로 접시에 음식을 담아 두기로 합니다. 꾀함의 단계입니다. 이제 송촌의 식사 기도가 끝났습니다. 함께한 사람들이 모두 음식을 자기 접시에 옮겨서 먹습니다. 저도 먹습니다. 슬기로 식사 예절을 지킵니다.

한의학에서는 우리 삶의 모든 행동이 이러한 과정을 거쳐서 이뤄져야 '슬기롭다'고 합니다. 이렇게 슬기로운 사람은 "반드시 네 계절을 따르고 춥고 더운 것에 맞추며 기뻐하고 화나는 감정에 조화하여 자신이 머무는 곳을 편안하게 한다"고 합니다. 마음 → 뜻 → 의향 → 생각 → 꾀함 → 슬기의 과정을 통해 "음양과 강유를 마디마디 어우러지게 맞춘다"고 합니다. "이렇게 하여 질병이 이르지 못하게 하고 오래 살고 멀리 본다"고 합니다. 그 뿌리는 정신에 두고 있습니다.

《효경》(孝經)의 맨 앞에는 이런 글이 있습니다. "신체와 머리카락과 피부는 부모에게서 받은 것이니 감히 손상시키지 않는 것이 효의 시작입니다. 몸을 세워 도를 행하고 후세에 이름을 날려 부모를 드러내는 것이 효의 마지막입니다." 하나님의 은혜로 얻은 우리의 신체는 오장육부, 기혈로 이뤄졌습니다. 그 안에는 정신, 혼백, 마음이 자아라는 이름으로 담겨 있습니다. 송촌은 그의 글 '자아 발견을 위하여'에서 '본신' 편이 말하는 '슬기'를 '지혜와 성실함'이라고 표현했고,《효경》에서 말하는 '효의 마지막'을 '사명감'이라고 표현했습니다. '효의 마지막'을 이루는 과정에서 '건강'이라는 효의 시작은 송촌에게서는 자연스러운 현상인 듯합니다.

송촌은《윤리학》중 '인식의 새로운 차원' ¹¹에서 '윤리적 인식 → 의욕 → 자아의 완성 → 인격의 완성'으로의 윤리의 방향을 보여 줍니다. 그리고 육체와 정신적인 면을 포함하면서도 질적으로 초월한 제3의 위치를 차지하는 '인격'을 제시합니다.

만일 윤리가 전인적 관심과 실천을 위한 선에의 의지라면, 그때에 나타나는 인식은 어떤 내용의 것이겠는가. 윤리적 인식의 핵심을 이루고 있는 것은 실천적 직관과 그 반성이라고 보는 것이 가장 타당할 것 같다. 인식에서는 직각이라는 말을 사용하며, 예술에서는 직관이라는 개념을 애용한다. 둘 다 사고나 반성 이전에 그 내용을 제공해 주는 직접적인 작용이다. 그렇다면 윤리에 있어서는 윤리적 사고 이전에 실천적 직각과 직관으로 느끼고 깨달으며, 그 경험과 실천에서 얻은 것을 반성하는 과정이 윤리의 인식일 것이다. 우리는 무엇을 '알았다'는 말 대신에 '이해한다'는 말을

김형석 교수의 백세 건강

사용하며, '깨달았다'는 말을 쓰는 경우도 있다. 알았다는 것은 지성에 속하는 내용이다. 그러나 이해한다는 것은 앎을 포함한 폭넓은 인식이며, 깨닫는다는 것은 어느 정도 실천적 의미를 갖는다. 이때의 깨달음은 전인적인 실천적 느낌과 직관에 속하는 것이다. 무엇을 깨닫는다는 것일까? 그것이 선임을 알게 되었으며 선을 실천해야 함을 자각했다는 뜻이다. 이 깨달음 속에는 앎보다 강한 힘과 적극성과 실천에의 의지가 들어 있다. 바로 이런 것이 윤리적 인식인 것이다. 거기에는 가치 판단이 들어 있고, 행위의 동인이 되는 희망이 내재하고 있으며, 목표로서의 선이 개재하고 있다. 이런 것들이 하나로 얽혀 윤리적 인식이 되는 것이다. 그러므로 윤리적 자각과 깨달음은 지식을 위하는 인식과는 그 과정과 내용이 다르다고 보아야 한다.

이렇게 윤리적 인식이 이루어지기 때문에 그 결과는 반드시 윤리적 행위와 관련을 맺는다. 행위를 일으키거나 뒷받침할 수 없다면 우리는 그것을 윤리적 인식이라고 볼 수 없다. 삼각형의 내각의 합이 180도라는 지식을 얻었다고 해서 우리가 그것을 윤리적 인식이라고 생각하지 않는다. 그러나 "모두의 행복을 위해서는 폭력이 제거되어야 한다"는 뜻을 얻었을 때는 실천을 통해서만 그 지식의 의미를 충족시킨다. 그러므로 일반 인식에서는 '~이다'라는 결론을 얻을 수 있어도 윤리에서는 '~한다'는 결론이 내포되어야 한다. "평화는 우리 모두가 지켜야 하는 것이다"라는 말은 "우리는 모두 평화를 지켜야 한다"는 행위의 요청을 내포하고 있다.

그러면 인식과 더불어 또는 인식 뒤에 오는 행위의 동인은 무엇인가? 사람들은 그것을 의욕이라고 불렀다. 의지의 본래성과 욕망이라는 진취성이 합쳐진 것이다. 그러나 이 의욕 속에는 '바람'(望)이라는 작용이 들어 있다. 바람이 없다면 우리는 행위를 일으키지 않는다. 바라는 바가 있기 때문에 행위를 일으킨다. 그리고 이 바람에는 두 가지 뜻이 있다. 욕망으로서의 바람과 희망으로서의 바람이다. 욕망으로서의 바람은 본래의 성격을 띠며 쾌감과 행복에 대한 만족감을 전제로 삼는다. 때로는 본능적이기도 하며 감성적이다. 그러나 희망은 같은 바람이기는 해도 윤리성을 강하게 띠며, 그것은 가치에 대한 동화 작용이기 때문에 욕망과는 본질적으로 다르다. 따라서 희망을 품었을 때는 악을 버리고 선을 위하며, 욕망보다는 의무에 대한 책임이 강하게 나타난다. 우리가 욕망과 희망을 구별치 않고 의욕으로 통했을 때는 욕망을 중시하는 폐단에 빠지기 쉽다. 그러나 우리가 바라는 윤리적인 것은 욕망보다는 희망에 속한다.

이 두 가지 내용을 포함하는 바람은 그 어느 것도 거부해서

김형석 교수의 백세 건강

는 안 된다. 욕망은 인간적 존재성의 문제를 위해 절대적이지만, 희망은 인간 생존의 가치성을 위해서 필수적이다. 우리는 먹고사는 책임과 함께 사람답게 사는 의무도 지지 않으면 안 된다. 그러므로 이 바람이 있으면 인식이 행위로 발전하며, 행위는 그 충족을 얻어 삶에 도움이 되는 것을 승인한다. 자신의 성장을 꾀하며 나아가서는 자아의 완성을 뜻하게 된다. 윤리적 판단과 행위에 목적이 있다면, 그것은 자아 완성이라는 하나의 목표에 도달하는 것이다. 이때의 자아란 육체적인 성장과 만족도 필요하나 정신적인 희망도 채워져야 한다. 그리고 그 결과는 마침내 그의 인격의 완성과 일치되어야 한다. 인격은 육체와 정신적인 면을 포함하고도 질적으로 초월한 제3의 위치를 차지하게 된다.

이렇게 본다면 윤리 생활의 모든 문제를 포함하면서도 이끌어 가는 것은 감성적인 본능이나 이성적인 인식으로 구별되는 것이 아니다. 그 모든 것을 내포하면서도 초월하는 인격으로서의 자아인 것이다. 이 자아는 대내적인 내재성을 갖고 있으면서도 또 초월성을 지니고 있다. 항상 자신을 현재의 자아로부터 미래의 자아로 이끌어 가며, 개인으로서의 자아성을 사회적인 것으로 확대시켜 나간다. 욕망과 더불어 쾌감과 행복을 구하는 것도 자아의 충족을 위한 활동으로 희망과 함께 의무를 다하며, 선을 찾아가는 것도 자아의 인격을 채워 가기 위함이다. 우리가 위장과 폐장을 구별해 볼 때는 두 개의 특수체가 서로 작용하는 것 같으나, 신체를 단일성에서 볼 때는 위나 폐의 기능이 같은 목적을 갖고 있음을 깨닫게 된다. 우리의 인격은 바로 이러한 전체로서의 의미를 갖는다. 그러므로 인식과 행위의 목적이 있다면, 그것은 선을 통한 인격의 완성에 있다고 봄이 타당한 것이다. 그리고 이 인격인 자아가 완성의 의지를 지녔을 때, 그것은 쾌감을 위한 욕망도 되나 정신적 가치를 위하는 희망도 갖추게 된다.

그러면 이 자아의 완성은 어떤 뜻을 포함하는가. 안으로는 인식과 행위를 이끌어 가나 밖으로는 전체로서의 사회와 역사에 참여하게 된다. 윤리적인 인식은 그런 의미에서 사회성을 띠고 있으며, 행위는 같은 뜻에서 역사성을 지니고 있다. 개체의 완성은 전체 속에서만 가능하듯이 자아의 완성은 사회를 통하지 않고는 불가능하다. 자아의 의미는 역사를 타고 나타나듯이 그 완성은 미래로서의 시간을 필수 조건으로 삼는다. 우리의 선악 판단은 사회의 공감을 얻었을 때 의미를 지니며, 우리의 행위는 역사적 결과에서 그 뜻을 채우게 된다. 그리고 모든 윤리는 개인과 더불어 이루어지는 것 같아도 그 본성은 사회 및 역사와 더불어 있었던 것이다.

그러나 이 문제는 또 다른 과제들을 필요로 하기 때문에 일단

김형석 교수의 백세 건강

은 여기에서 그치는 편이 좋을 것이다. 그것은 인간의 본질 문제와도 통하며 인식 및 행위의 사회적 성격과 역사적 의미를 포함하고 있기 때문이다. 오직 여기서는 윤리적 기능과 그에 따르는 목적 의식을 암시해 주고 싶었다. 우리는 어떤 문제를 해결한다는 사실이 보다 높고 유구한 문제의 발견으로 그친다는 사실을 여기에서도 수긍치 않을 수 없다.

여기서 송촌이 다 말하지 않은 인격에 대해서 '본신 편'의 '슬기'로 생각해 보겠습니다. '최고의 행복은 인격'이라고 합니다. '세상 사람들은 무엇을 얼마나 소유하느냐?'에서 행복과 기쁨을 찾으려고 합니다. 우리가 앞에서 살펴봤던 전두엽까지 담당했던 물질적인 것입니다. 그런데 이것을 행복으로 찾는 사람들은 정말 중요한 것을 잃어버리게 됩니다. 그렇다면 조금 더 지혜로운 사람들은 어떻게 생각할까요? 자신의 삶을 도덕성이 있고 값있게 사는 사람이 행복하다고 합니다. 그것은 인정해도 좋을 듯합니다. 물질적인 것보다는 한 계단 올라왔습니다. 그러면 신앙인에게 인격은 어떤 의미일까요? 그것은 예수 그리스도에 의해서 거듭난 인격입니다. 그래서 내 행복을 만들고, 다른 사람의 행복도 창출해 줄 수 있습니다. 이것이 참다운 행복입니다. 이것이 사랑입니다. 그렇게 사는 것을 가르쳐 주고, 모범을 보여 주는 인

격, 예수님의 제자가 되는 인격입니다. 예수님이 가르쳐 주
신 인격입니다.

실천하지 않는 윤리는
무의미할 뿐입니다

송촌은 자주 실천의 문제를 언급합니다. 그것이 윤리적인 문제라면 당연한 일입니다. 실천하지 않는 윤리는 탁상공론만도 못한 것입니다. 윤리학(ethics)의 어원이 되는 그리스어 '에토스'(ethos)와 도덕(morality)을 가리키는 라틴어 '모레스'(mores)는 거의 같은 뜻을 가지고 있다고 합니다. 윤리는 우리가 말하는 품성과 연관이 있고, 도덕은 습관이나 관습과 관련이 있습니다.

게임을 하나 해 보겠습니다. 동그라미 한 개를 그려 보세요. 그리고 그곳의 중심을 찾아 보세요. 《의학입문》 첫 쪽에 나오는 선천도를 생각해도 좋습니다. 머릿속으로 해도 좋고, 종이에 그려 봐도 좋고, 컴퓨터 그래픽을 활용해도 좋습니다. 중고등학교 때 배운 방법을 활용해도 좋고, 정밀한 기구를 사용해도 좋습니다. 또 해도 좋고, 안 해도 괜찮습니다. 하지만 이것이 저에게는 윤리와 도덕을 찾아가는 방법 중의 하나였다고 말하고 싶습니다. 송촌의 '백년의 길'을 헤아린 저의 짧은 '자'였던 것입니다.

윤리학은 '옳고 그름'을 가리는 일반적인 통념과는 다릅니다. 윤리학에서 주로 다루는 것은 '선한 삶'입니다. 이것은 가치 있게 사는 '일상의 삶'이라든지 단순히 '만족하는 삶'이 아닌, 일상의 도덕 행위보다 더 중요한 것을 '지향하는 삶'입니다.

지향하는 삶은 일반적으로 말하자면 인격으로 향하는 삶입니다. 인격은 행동의 양상과 삶에 대한 조정 방법을 의미합니다. 삶에서 가장 치명적이고 위험한 일련의 사건들을 극복하는 능력에 인격이 있습니다. 긍정적인 사람에게 인격은 신체적 능력이나 감내의 잠정적 한계를 넘을 수 있게 하며, 실지로 삶과 죽음으로의 관점이 다른 사람들과는 같지 않다는 특징이 있습니다.

성경의 다음 구절에서 지향하는 삶의 한 모습인 '살아 있는 믿음'을 읽을 수 있습니다.

"나의 형제 여러분, 어떤 사람이 믿음이 있다고 말하면서 그것을 행

김형석 교수의 백세 건강

동으로 나타내지 못한다면 무슨 소용이 있겠습니까? 그런 믿음이 그 사람을 구원할 수 있겠습니까? 어떤 형제나 자매가 헐벗고 그 날 먹을 양식조차 떨어졌는데 여러분 가운데 누가 그들의 몸에 필요한 것은 아무것도 주지 않으면서 '평안히 가서 몸을 따뜻하게 녹이고 배부르게 먹어라.' 하고 말만 한다면 무슨 소용이 있겠습니까? 믿음도 이와 같습니다. 믿음에 행동이 따르지 않으면 그런 믿음은 죽은 것입니다"(약 2:14-17).

행동이 없는 신앙, 실천이 없는 철학, 행위가 없는 지식 같은 것들은 송촌의 시각에서는 무의미에 가까운, '삼복더위의 땔나무' 같이 절실한 개념은 아니었던 듯합니다. 그러한 것들은 송촌의 삶과 함께했던 시대 상황에서는 '엄동설한의 부채'였습니다.

나무가 성장할 때는 수분, 온도, 햇빛의 영향을 받습니다. 그리고 질소, 인, 칼륨과 같은 비료가 중요한 역할을 하며, 황, 칼슘, 마그네슘도 필요합니다. 이밖에도 여러 종류의 성분들이 적절히 공급되어야 나무가 건강하게 자랄 수 있습니다. 이때 필요한 성분 중 어떤 한 가지가 부족하면 나무의 생육은 그 부족한 성분량에 의해 지배되고, 다른 다량으로 존재하는 양분에는 영향을 받지 않습니다. 이것을 '최소율의 법칙'이라고 합니다.

긍정적인 사람의 인격도, 신앙인의 생활도 최소율의 법칙을 따릅니다. 이에 관한 성경의 가르침입니다.

"지극히 작은 일에 충실한 사람은 큰 일에도 충실하며 지극히 작은 일에 부정직한 사람은 큰 일에도 부정직할 것이다. 만약 너희가 세속의 재물을 다루는 데도 충실하지 못하다면 누가 참된 재물을 너희에게 맡기겠느냐? 또 너희가 남의 것에 충실하지 못하다면 누가 너희의 몫을 내어주겠느냐?"(눅 16:10-12).

튼튼한 쇠사슬이 가장 약한 고리에서 끊어지는 것처럼, 나무가 성장하는 데 필요한 것은 풍부한 양분이 아니라 가장 부족한 성분입니다. 나무는 땅에 뿌리를 내리고 있어서 움직임에는 소극적입니다. 자신에게 필요한 양분을 찾기 위한 의지는 있어도 노력은 그 의지에 미치지 못합니다. 하지만 긍정적인 사람과 신앙인은 자신에게 부족한 성분을 채우기 위해 적극적으로 의지를 갖고 노력할 수 있습니다.
성경의 가르침입니다.

"재물을 땅에 쌓아두지 마라. 땅에서는 좀먹거나 녹이 슬어 못쓰게 되며 도둑이 뚫고 들어와 훔쳐간다. 그러므로 재물을 하늘에 쌓아

김형석 교수의 백세 건강

두어라. 거기서는 좀먹거나 녹슬어 못쓰게 되는 일도 없고 도둑이 뚫고 들어와 훔쳐가지도 못한다. 너희의 재물이 있는 곳에 너희의 마음도 있다"(마 6:19-21).

《주역》에 있는 글입니다.

선을 쌓는 집에는 반드시 남은 경사가 있고, 불선(不善)을 쌓는 집에는 반드시 남은 재앙이 있다. 신하가 그 인군을 죽이며, 자식이 그 아비를 죽임이 하루아침 하루저녁의 연고가 아니다. 그 시작은 조금씩 모르게 쌓여 온 것이어서, 일이 벌어지도록 일찍이 눈치 채지 못한 것이다(곤문언).

"선을 쌓지 않으면 이름을 알리지 못하고, 악을 쌓지 않으면 형벌을 받지 않는다" 하여, 소인(小人)은 조금 착한 것은 이로울 것 없다고 하지 않고, 조금 악한 것은 해로울 것 없다고 멀리하지 않는다. 그러므로 악한 것이 계속 쌓여서 큰 죄가 되어 용서 받을 수가 없다(계사하 5장).

이《주역》의 글에 상응하는 성경의 가르침입니다.

"좁은 문으로 들어가거라. 멸망에 이르는 문은 크고 또 그 길이 넓어서 그리로 가는 사람이 많지만 생명에 이르는 문은 좁고 또 그 길이 험해서 그리로 찾아드는 사람이 적다"(마 7:13-14).

"너희는 행위를 보고 그들을 알게 될 것이다. 가시나무에서 어떻게 포도를 딸 수 있으며 엉겅퀴에서 어떻게 무화과를 딸 수 있겠느냐? 이와 같이 좋은 나무는 좋은 열매를 맺고 나쁜 나무는 나쁜 열매를 맺게 마련이다. 좋은 나무가 나쁜 열매를 맺을 수 없고 나쁜 나무가 좋은 열매를 맺을 수 없다. 좋은 열매를 맺지 못하는 나무는 모두 찍혀 불에 던져진다. 그러므로 너희는 그 행위를 보아 그들이 어떤 사람인지 알게 된다"(마 7:16-20).

지금까지 우리는 건강과 인간의 이해에 필요한 기초적인 내용을 살펴봤습니다. 인간의 삶은 수학의 공식처럼, 자연과학의 법칙처럼, 사회과학의 이론처럼 연역적 시각으로 볼 수는 없습니다. 객관보다는 주관이, 필연보다는 우연이, 연역보다는 귀납이 어쩌면 우리의 삶에서는 더 많을지도 모르겠습니다.

동그라미의 중심을 찾으셨나요? 한의사는 그 동그라미를 선천도라고 부릅니다. 문제의 정답은 '선천도 위의 모든 점은 중심이다'입니다. 왜 그럴까요? 그 동그라미는 평면에 있지 않았습니다. 공간에 있는 구(球)였습니다. 우리는 자신의 신앙이나, 윤리나, 가치관이 중심이라고 생각하면서 살아가기 쉽습니다. 하지만 구(球) 위의 모든 점이 그 구의 중심이 될 수 있습니다. 이해를 돕기 위해 송촌의 경우를 보겠습니다. 송촌이 중학교 1학년 때, 세계 일주를 하던 목사님이 채플 시간에 학생들에게 '세상에서 가장 강한 것이 무엇입니까?'라는 수수께끼를 내고는 가던 길을 떠납니다. 송촌은 생각을 했습니다. 출제자의 의도를 파악하려고 합니다. 만약 과학 선생이라면, 다른 과목의 선생님이라면 대답이 달라질 수 있다는 것을 알게 됩니다. 이 질문을 한 사람은 목사입니다. 그런데 송촌은 그 시대의 '딜레마'에 빠집니다. 그리고 '정의'라고 답을 하고 2등상을 받습니다. 1등은 '사랑'이었습니다. 당시의 송촌은 인정할 수 없었습니다. 너무나도 많은 세상의 불의를 보고 있었습니다. 그리고 '정의의 칼'로 바로잡아야 한다고 생각했습니다. 그래서 그 칼을 휘두릅니다. 상으로 받은 성경에 2등의 2자를 지우고 그 자리에 1자로 채워 넣었습니다. 정의로 사랑을 응징했습니다. 그리고 《전쟁과 평화》를 읽고 《죄와 벌》을 읽습니다. 당시의 송촌은 이 책의 내용을 읽은 것이 아닙니다. 단지 그 제목을 보고, 정의를 찾아 떠났던 것입니다. 그때 송촌은 가졌던 정의의 칼을 더 날카롭게 갈기 위해서 이런 책들을 읽습니다. 그런데 일본 유학 때 한 일본인 목사의 죽음을 통해 이제까지 스스로에게는 1등이었던 정의의 자리를 사랑에게 양보합니다. 오랜 시간이 걸렸습니다. 세상에서 가장 강한 것은 사랑이 정의를 안아주는 것이라는 것을 알게 됐습니다.

지금 우리는 한 계단을 더 올라가려고 합니다. 조금 전에 '선천도 위의 모든 점은 중심이다'라고 했습니다. 그러면서 우리는 많은 명사를 생각할 수 있습니다. 정의라고 할 수도 있고 사랑이라고 할 수도 있습니다. 그리고 수없이 많은 아름다운 명사를 생각할 수도 있습니다. 그것이 모두 중심이 될 수 있습니다. 하지만 우리가 찾은 가장 아름다운 원의 중심은 구(球)의 중점을 향해 가야 합니다. 그 중점은 참사랑입니다.

송촌은 백 년 동안 우리에게 필요한 삶의 방향을 제시합니다. 그중 일부만 뽑아 봤습니다. 이 많은 명사는 모두 '선천도'의 중심이 될 수 있습니다.

감사, 무소유, 기쁨, 행복, 사랑, 선하고 아름다운 것, 희망, 긍정, 낙관, 용기, 휴식, 수면, 낮잠, 일, 강연, 운동, 수영, 산책, 나눔, 집필, 사색, 정신적 여유, 배움, 독서, 예술 감상, 우정, 여유, 품위, 고난의 극복, 성장, 용서, 공존, 즐거움, 규칙적 생활, 고른 식사, 참여, 신앙, 믿음, 신념, 생각, 행동, 습관, 성격, 운명, 선한 목적, 정직, 솔직, 체력, 정신력, 평온하고 너그러운 마음, 섬김, 고통, 시련, 죽음의 극복, 진실, 젊어서 고생, 여행, 도전, 봉사, 지혜, 자성, 책임감, 겸손, 취미, 오락, 유머, 성실함, 근면과 창의성, 삶의 보람, 마음의 여유…….

열거한 것 하나하나를 생각하고 명상하고 기도해도 한 권씩의 책을 쓸 수 있을 것입니다. 그런데 제가 송촌에게서 발견한 것은 이것을 다 아우르는 것이었습니다. 그것을 한의학에서는 음양의 조화, 수승화강이라고 합니다. 송촌에게는 사랑이었습니다. 이제는 음양과 사랑에 대해서만 생각해 보려고 합니다. 음양은《황제내경》에서 말하는 의도의 핵심어입니다. 사랑은 성경과 복음의 핵심어입니다. 성경에는 음양이라는 단어가 나오지 않습니다. 하지만 음양이라는 개념이 없다는 뜻은 아닙니다.《황제내경》에는 사랑이라는 단어가 나오지 않습니다. 하지만 사랑이라는 개념이 없다는 뜻은 아닙니다. 집필을 처음 구상할 때 송촌께《황제내경》을 읽은 적이 있으시냐고 여쭈어 본 적이 있습니다. 대답은 "아니요"였습니다. 그때까지 제가 송촌에게서 발견했던 것은 음양의 조화가 생활화되어 있는 모습이었기에 질문을 드렸던 것이었는데 대답은 뜻밖이었습니다. 한의사는 음양으로 모든 것을 설명하기를 좋아합니다. 그런데 음양을 모르고 음양을 실천한다니, 상당히 당혹스러웠습니다. 하지만 지금은 알 수 있습니다. 삶은 앎에 있지 않고 삶 그 자체입니다. 음양이 앎이라면 사랑은 삶입니다. 송촌께는 음양과 사랑은 하나의 의미였습니다. 그것을 저는 '참사랑'이라고 부르고 싶습니다. 백세 건강은 참사랑의 선물입니다.

최선의 건강은
최고의 수양과 인격의 산물입니다

지금까지 살펴본 내용을 뇌를 중심으로 간략하게 정리해 보겠습니다. 다음 표는 절대적인 구분은 아닙니다. 다만 이해를 돕기 위해 도표화했을 뿐, 칼로 무 자르듯이 구분할 수 있는 내용은 아닙니다.

① 하늘나라를 위한 더 큰 일

② 자율신경계

③ 수승화강법

④ 《의하임문》 서문 이야기 (순준의 경우)

⑤ 인격적인 하나님

먼저 뇌는 발달 정도에 의해 세 부분으로 나누어서 생각할 수 있습니다. '파충류의 뇌'는 생존에 관여하고, '포유류의 뇌'는 감정에 관계하며, '영장류의 뇌'는 사고를 관장합니다. 해마에서 자아를 느낍니다. 그 자아는 수승화강을 기준으로, 수승화강에 성공하면 자신의 부족을 느끼고 심호흡과 그 심화과정인 운동을 하면서 평정을 되찾고 겸손과 성실을 깨닫습니다. 심호흡의 응용 과정인 노래하기, 낭독하기를 하면서 미소를 지으며 정성을 다하고 하늘나라를 위한 더 큰일을 이룹니다. 마침내 안정을 추구하는 부교감신경 모드에서 용서와 사랑을 통해 좋자아로 나아갈 수 있습니다. 그러나 수승화강에 실패하면 스트레스 상태를 일으키는 교감신경 모드에서 욕심과 분노를 느끼

구분	뇌	프로이트	달란트 ①	②	②	③	④	기능
영장뇌	전전두엽	초자아	①					사고
	전두엽		정성	부교감신경		낭독	사랑	
	두정엽	자아	성실		미소	노래	용서	
	후두엽		겸손		평정	운동		
	측두엽		부족	수승화강		심호흡	⑤	
포유뇌 (뇌척수액)	해마				흥민		욕심	감정
	편도체				소화불량		분노	
	송과체	원초아			이경			
파충뇌	시상하부			교감신경	불안			생존
	간뇌				울화			
	소뇌				불면			
	중뇌							
	연수							
	뇌교							

며 원초아에 가까워집니다. 감정을 이기지 못하고 심호흡에도 실패하게 되면, 흉민(胸悶, 답답한 가슴), 소화불량. 이경(易驚, 쉽게 놀람), 불안, 울화(鬱火, 화가 치밈), 불면의 단계를 거쳐서, '스트레스, 인간의 종말'로 갑니다. 수승화강의 중심을 순존은 '인격적인 하나님'의 발전이라고 합니다.

① 자아 발견을 위하여
② 인식의 새로운 지원

해마는 '포유류의 뇌'에 속하면서 포유류의 수준을 넘어서는 뇌 기능을 '기억의 저장'이라는 이름으로 주도합니다. 그리고 인간을 가장 인간답게 하는 가능성을 '영장류의 뇌'에 속한 전전두엽이 '지혜'라는 이름으로 담당합니다. 기억은 청각 → 시각 → 자각 → 이성을 가쳐 지혜로 다가갑니다. 《영주》'본신 편'에서 마음 → 뜻 → 의향 → 생각 → 피함 → 슬기의 과정을 거쳐 한의학적인 건강을 찾아가는 방법을, 순존은 그의 글 '자아 발전을 위하여'에서 신한 능력 → 자각 → 신념 → 근면과 창의성 → 지혜와 성실의 계단을 올라가는 사명감을 통해 '효'의 마지막'을 표현합니다.

김형석 교수의 백세 건강

뇌		근력	정신력		①	본신 편		②
영양류 (독서)	전전두엽		사고력	지혜	지혜와 성실	습기	신	인격
	전두엽	탄력		이성	근면과 창의성	찌함	정	자아
	두정엽		이해력	자각	신념	생각	혼	의욕
	후두엽			시각	자각	의향	백	인식
	측두엽		기억력	청각	선한 능력	뜻	기	
포유류 (운동)	해마			기억의 저장		마음	혈	
	편도체	지구력		정서 조절				
	송과체			일주기리듬				
파충류	시상하부			내분비				
	간뇌			항상성				
	소뇌	순발력		자세 유지				
	중뇌			안구 운동				
	연수			심폐 기능				
	뇌교			수면				

'죽음의 마지막'을 이루는 이 과정에서 '죽음의 시작', 즉 '건강'은 자연스럽게 동반되는 현상임을 암시합니다. 또 '인식의 새로운 지원'에서는 윤리적 에서는 윤리적 인식 → 의욕 → 자아의 완성 → 인격의 완성으로 윤리의 방향을 보여 주면서, 육체와 정신을 포함하면서 질적으로 조월한 제3의 위치를 차지하는 '인격'을 제시합니다. 그러므로 '최선의 건강은 최고의 수양과 인격의 산물이다'라는 명제가 삶과 윤리의 형태로 증명됩니다. 수학적으로나 과학적으로의 증명은 수반되지 않았지만, 철학적, 또는 순수이 즐겨 사용하는 표현인 '인간학적'인 증명임을 부정하기는 쉽지 않을 듯합니다.

김형석 교수의 백세 건강

당신을 초대합니다

루트비히 판 베토벤의 제9번 교향곡 '합창'이 울립니다.
그리고 다 함께 노래합니다.

오, 친구여! 이런 곡조가 아니지 않은가.
이보다 더 즐겁고 더 흥겨운 곡조를 엮어 보세.
환희!
환희!

환의의 찬가. 신성의 아름다운 불꽃.
엘리시움(elysium)에서 온 딸의 환희!
열정으로 타오르는 천상의 영혼.
우리는 당신의 성전으로 들어가네.

관습이 철저히 갈라놨던 것들,
당신의 기적은 한데 모으네.
당신의 부드러운 날개가 머문 곳마다,
모든 사람은 형제 되리니.

즐거워하라!
친구에게 친구가 되어 준 이여!
사랑스러운 배우자를 찾은 이여!
그대가 누구든 우리와 찬미의 노래에 함께하라.

그래, 그리고 이 땅 위의 한 사람이라도
자신의 벗이라 부르는 이여!

친구 하나도 없는 자여!
그대는 눈물로 이 자리에서 슬그머니 떠나라.

모든 피조물은 환희를 만끽하라!
대자연의 품에서,

선도 악도 하나같이
장미의 꽃길을 따라 걷는다.

자연은 우리에게 '환희의 찬가'와 포도주와,
죽음에서조차 진실한 친구 하나는 준다.
미천한 자에게도 희망을 주고,
천사는 하나님 앞에 선다.

기쁨 가득, 영광의 하늘을 가로질러,
그분의 태양이 달려가듯이.
그렇게 형제여, 자매여! 너의 길을 달려라.
환희로 가득한, 승리의 영웅처럼.

너희 백성들은, 그분께 의탁하라.
환희의 찬가는 모든 세상을 위함이니.
형제여, 자매여! 별들 너머에
머무시는 그분, 사랑의 아버지!

그분 앞에 엎드리려나? 온누리 백성이여!
네 창조주가 느껴지는가? 온 세상이여!
별들 너머의 그분을 찾아라!
그분은 별들 너머 머무시니.

레오나르도 다 빈치의 '최후의 만찬'의 자리에는 예수님과 열두 제자가 함께하고 있습니다. 예수님의 수제자라 일컬어지는 베드로부터, 배신의 상징 가롯 사람 유다까지 모두 한자리에 모였습니다. 유다는 만찬장을 나와 예수님을 배신합니다. 만찬이 끝난 다음날, 베드로는 닭이 두 번 울기 전에 예수님을 세 번 부인합니다. 베드로는 예수님을 부인했고, 유다는 예수님을 배신했습니다. 누구의 죄가 더 클까요? 가롯 사람 유다라고 쉽게 답할 수 있나요?

만약 전쟁을 하다가 오십 보를 달아난 병사가, 백 보를 달아난 병사를 비웃습니다. 누가 더 잘못한 걸까요? 백 보를 달아난 병사는 발이 빨랐고, 오십 보를 달아난 병사는 발이 느렸을 뿐입니다. 오십 보를 달아났든, 백 보를 달아났든, 달아난 것은 똑같습니다. 흔히 말하는 '오십보백보'입니다.

예수님을 부인한 베드로가, 예수님을 배신한 유다를 비웃을 수는 없습니다. 하지만 베드로는 자신의 잘못에 절망하고 회개합니다. '이 땅 위의 한 사람', 예수님을 자신의 벗이라 부릅니다. 그리고 새로 태어나서 진정한 예수님의 제자가 됐습니다. 반면에 유다는 절망하고 자살합니다. 그리고 '친구 하나 없는 자'가 됩니다. 만약 유다도 회개하고 예수님을 친구로 맞이했다면 '죽음에서조차 진실한 친구 하나'를 찾았다면, 베드로에 견줄 만한, 아니 그를 넘어서는 신앙의 상징이 됐을 수도 있습니다. 그러나 유다는 새로 태어나기를 거부했습니다. 그래서 이전의 유다 그대로 남게 됩니다.

우리는 베드로에 가까울까요, 유다에 가까울까요? 아직 우리 안에는 베드로부터 유다까지 다 있는 것 같습니다. 그래서 유혹에 무너지고 시련에 넘어집니다. 예수님을 부인하고, 때로는 예수님을 배반합니다. 하지만 언제나 딛고 일어설 수 있습니다. 선천도를 마주하든, 십자가를 바라보든, 십자가 너머의 예수님을 그리든, 별들 너머의 그분을 찾든, 그 모든 것은 우리의 자유입니다. 하지만 그 길에 꼭 기억하

김형석 교수의 백세 건강

고 싶은 것은, 하나님은 사랑이시라는 것입니다. 예수님은 우리의 길이요, 진리요, 생명이며, 우리의 삶 전체라는 것입니다.

송촌은 그 길을 걸으셨습니다. 그리고 참사랑을 깨닫고 실천하셨습니다. 송촌의 건강 백세는 '참사랑의 선물'입니다. 우리는 장수를 꿈꿀 수도 있습니다. 진리를 찾을 수도 있습니다. 참사랑의 선물을 나눠 가질 수도 있습니다. 이 선물은 경품처럼 한정된 것이 아닙니다. 누구나가 찾아 얻을 수 있는 것입니다.

우리에게 '최후의 만찬'은, '최후의' 만찬이 아니었습니다. '합창'은 그들만의 노래는 아니었습니다. 그것은 만찬으로의 초대였고, 우리 모두의 합창이었습니다. 당신은 예수님을 자신의 벗이라고 부른 베드로가 되렵니까, 친구 하나 없는 유다가 되렵니까?

모두의 합창이 울리는 이 만찬의 자리에 당신을 초대합니다. 이 자리에 작은 예수 송촌이 함께할 듯합니다. 해바라기 웃음은 아마도 예수님에게서 배운 듯합니다.

미주

1   비록 다른 옷을 입고 있지만, 늙음은,
     기회입니다. 젊음 그것에 못지않은,
     그리고 저녁 어스름이 물러나면, 하늘은
     가득합니다. 낮에 보이지 않는 별들은.
     (이 글은 롱펠로가 1875년에 자신이 졸업한 보딘대학 동급생들과의 50주년 행사를 기념하여 쓴 285행의 긴 시의 맨 마지막 부분입니다. 롱펠로는 이 시에서 각운을 맞추느라고 상당히 노력을 했습니다. 젊음과 영광의 골짜기를 지나, 이제는 늙은 옛 친구들에게 희망을 주고 싶어 하는 메시지를 실었습니다. 그 느낌을 살린 번역입니다.)

2   김형석, 《한 사람의 이야기》, 철학과현실사, 1993.
3   같은 책.
4   김형석, 《고향으로 가는 길》, 철학과현실사, 2019.
5   김형석, 《한 사람의 이야기》, 철학과현실사, 1993.
6   김형석, 《고향으로 가는 길》, 철학과현실사, 2019.
7   김형석, 《백년을 살아 보니》, 덴스토리, 2016.
8   김형석, 《백세 철학자의 철학, 사랑이야기》, 열림원, 2019.
9   같은 책.
10   김형석, 《인생, 소나무 숲이 있는 고향》, 철학과현실사, 1991.
11   김형석, 《윤리학》, 철학과현실사, 1992.